Jacques Prévert

Choses
et autres

Jacques Prévert est né à Neuilly avec le siècle. Familier du groupe surréaliste, entre 1927 et 1930, il publia certains de ses poèmes dans des revues. C'est ainsi que le célèbre « Dîner de têtes » parut dans « Commerce ». Mais, faute d'un livre, la plupart de ces poèmes circulaient tapés à la machine, et presque par tradition orale. Beaucoup d'ailleurs, mis en musique, devinrent des chansons populaires. Ce n'est qu'en 1945 que l'éditeur René Bertelé réunit un recueil, « Paroles », qui fut un événement.

En même temps, Prévert a été un grand scénariste qui avec Renoir, Carné, Grémillon, Pierre Prévert est l'auteur de « L'Affaire est dans le sac », « Le Crime de monsieur Lange », « Le jour se lève », « Drôle de drame », « Quai des brumes », « Les Visiteurs du soir », « Les Enfants du Paradis », « Lumière d'été ».

ENFANCE

ENLUMINÉ

1906, Neuilly-sur-Seine.

Souvent, au Bois, un cerf traversait une allée. Un peu partout, les gens mangeaient, buvaient, prenaient le café. Un ivrogne passait et hurlait : « Dépêchez-vous ! Mangez sur l'herbe, un jour ou l'autre, l'herbe mangera sur vous ! »

Le tramway du Val d'Or, à toute vapeur, sifflait le long des arbres, comme les trains dans les histoires d'Indiens. Le jour n'était pas encore éteint, mais déjà la porte Maillot flambait, souhaitant la fête au crépuscule.

Il y avait des cyclistes et des vélos, partout des vélos, encore des vélos et des voitures avec des chevaux.

Ça sentait le caoutchouc et Bibendum régnait déjà sur le Salon de l'Automobile.

Au café des Sports, les garçons plantaient en courant deux pailles dorées dans la grenadine des enfants.

Cela sentait le pernod, le crottin à oiseaux. Les arbres riaient et frissonnaient ; rien encore ne les menaçait tout à fait.

Il y avait des gens qui faisaient la musique, qui chantaient, qui faisaient la fête, qui faisaient la gaieté, et ceux qui, à voix basse, s'engueulaient autour de leurs guéridons, étaient tout de même sous le charme et leurs injures, leurs pauvres menaces, on aurait dit qu'ils les chantaient, les fredonnaient sans y penser. Passaient des mendiants, des marchands d'olives, des musiciens ambulants et un vieux bonhomme qui remontait et posait sur les tables des jouets mécaniques.

De l'orée du Bois à l'île de la Jatte, la musique de la fête, de la vraie fête, de la fête à Neuilly, s'en allait puis revenait sur ses pas et jetait parfois de grands sifflets de détresse.

« Écoutez-moi ! Je suis comme ces vaches, ces cochons et ces chevaux de bois, appelés à disparaître. Mais je partirai malgré moi. Retenez-moi par mon dernier air, retenez-moi dans la mémoire. Je reviendrai quand vous voudrez, lointaine mais intacte, dans la poussière du carton perforé. »

Debout sur les Montagnes russes, de jolies filles de bois peint, costumées en hussards, avec un grand sourire heureux, tapaient sur leurs cymbales dorées.

Neuilly, pour moi, c'était la fête et quand elle s'en allait, la grande avenue, c'était un vrai désert sauf quand les gens du marché, avec leurs échasses de bois, plantaient les tentes comme les gens du cirque.

Mais il y avait d'autres fêtes, à la porte Maillot. Un jour c'était le Maroc à Paris, un village avec des indigènes aux yeux brillants, des potiers, des bijoutiers, des charmeurs de serpents, une mère dromadaire avec ses petits et des enfants noirs qui plongeaient dans un bassin pour aller chercher des sous.

Un autre jour, un village de nains avec des maisons de nains, une école de nains et une petite église de nains. Ou le looping the loop : les gens montaient dans un wagon qui descendait très vite, tournait à l'envers dans une roue, ralentissait, s'arrêtait et laissait sortir les voyageurs qui criaient.

Et puis Printania, un grand café-concert en plein air. On prenait des cerises à l'eau-de-vie et quand la nuit était belle le toit du théâtre s'en allait, les étoiles aussi pouvaient regarder le spectacle.

C'étaient des clowns, vêtus en pâtissiers et qui jonglaient avec toute la boutique, des chanteuses toutes seules sur la scène avec les spectateurs qui, tout en buvant leur verre, chantaient en chœur avec elles.

Et des chanteurs. Il y en avait un qui était drôle comme tout. Et pourtant il était tout en noir triste, et avec une tête à pleurer tout le temps. Et la grande fleur qu'il portait à la boutonnière, il l'arrachait en pleurant et la jetait par terre où elle se plantait et se balançait en tremblant.

Il chantait : « J'ai la neurasthénie, c'est rigolo, oh, oh » et tout le monde se tordait de rire, même mon père. Pourtant il en avait, lui, de la neurasthénie.

« C'est à la mode, disait-il, mais je m'en passerais bien : la tristesse qui s'installe dans votre tête et qui va et vient, là, comme chez elle. »

Et bien longtemps avant Printania, là où s'étalent aujourd'hui les ruines de Luna Park, il y avait un grand ballon captif qui montait dans le ciel, rempli de passagers. Un jour, la corde a craqué et le ballon a été emporté par le vent. Dans tout Neuilly, les gens levaient tous la tête en l'air en même temps, même les chiens.

Le ballon captif s'en allait très vite et l'on entendait dire un peu partout qu'avec un vent pareil jamais personne n'en réchapperait. Ce ballon, un jour, mon père et ma mère étaient montés dedans et j'étais content que l'accident ne soit pas arrivé ce jour-là. Le soir très tard, le ballon a été retrouvé et tous les passagers sauvés mais les gens ne l'ont appris que le matin parce qu'ils étaient allés se coucher.

Et c'était aussi très souvent la fête dans le Bois. Des concours hippiques, avec les chevaux qui fichaient les cavaliers par terre et s'enfuyaient en galopant, riant de toutes leurs dents, et des lumières à la cascade, des régates sur le lac, des défilés de voitures fleuries et des courses en vélos.

Le vainqueur, je crois qu'il s'appelait quelquefois Jacquelin, défilait lui aussi dans l'avenue du Bois, avec son cocher, dans une grande voiture à quatre chevaux, la queue comme si elle sortait de chez le coiffeur et les fesses cirées comme le parquet chez grand-père.

On allait aussi dans un petit chemin de fer au Jardin d'Acclimatation.

Des fauves étaient parqués derrière les grilles et n'avaient pas l'air heureux, mais ils avaient un peu plus de place que ceux de la Ménagerie Pezon.

Je montais sur l'éléphant, on faisait un tour, ça ne l'ennuyait pas trop, même à plusieurs, on n'était pas trop lourds.

Mais ce que j'aimais surtout, c'étaient les serres. Il y faisait bon comme sous la pluie d'orage, c'était immense, tout en verre, avec une odeur de forêt vierge comme dans les livres de voyages.

Les plantes étaient grandes comme des arbres et sur l'eau des nénuphars flottaient, grands comme de petits bateaux. Dans les serres, c'était toujours le silence, même quand il y avait du monde.

Devant les bêtes, les gens parlaient très fort aussi, surtout devant les singes. Mais devant les plantes, ils se taisaient, comme dans les églises, et c'était à voix basse qu'ils lisaient les noms écrits en latin, sur de petites pancartes. Tout était vert, même la chaleur, et les gens n'étaient pas habitués.

On allait aussi à Paris, chez Dufayel, pour acheter des choses à crédit et voir en même temps le cinématographe, la lanterne magique qui bougeait.

Un autre jour, plus loin, au Champ-de-Mars, c'était Buffalo Bill avec la chasse au bison et l'attaque de la diligence, mais pour de vrai, avec les Peaux-Rouges et leur peinture de guerre, les Cow-Boys, avec leur lasso et des phénomènes que Buffalo Bill avait aussi amenés d'Amérique.

Il y avait l'homme bleu. Il ne faisait rien, on lui jetait des sous. Il ne disait pas merci. Il se taisait.

Il était tout nu, tout bleu, c'était son métier, mais c'était aussi, paraît-il, sa maladie.

Qu'il fasse soleil ou que tombent les feuilles ou la neige, ma mère nous emmenait au Bois.

J'aimais bien le Bois, mais je préférais les rives de la Seine où mon père m'emmenait parfois.

On allait dans l'île de la Jatte où vivaient les braconniers du poisson qu'on appelait les Ravageurs.

Déjà les Mystères de Paris, que mon père aimait aussi ! Au Bois, heureusement, il y avait des biches, des oiseaux, des coins d'eau. Je jouais avec mon frère Jean et l'on mangeait des gaufres et buvait du coco.

Mon frère était l'aîné — deux ans de plus que moi — il était très beau mais il était sérieux et allait déjà à l'école. Il savait lire et écrire. Moi, je n'avais pas envie d'apprendre ces choses-là.

Je l'aimais parce que c'était mon frère. On ne riait jamais des mêmes choses, ou jamais en même temps peut-être.

Et puis revenait la fête, et toujours à deux pas de chez nous.

Du balcon de la rue Louis-Philippe où nous habitions, on l'entendait qui s'installait, à grands coups de marteau.

On entrait chez elle comme chez nous et un peu partout sans payer. Mon père connaissait tout le monde : le dompteur Marc qui me laissait caresser la patte à ses lions, les écuyers, les écuyères, les jockeys d'Epsom, les lutteurs qui jetaient des gants aux soldats perdus dans la foule et même Araouf qui cassait les pierres avec son poing :

« A-ra-ouf... A-ra-ouf ! » On l'entendait de loin et quand il nous apercevait, il souriait, déguisé en Arabe, assis sur son vieux tapis et nous appelait de la main. Il avait toujours un litre de vin et mon père trinquait avec lui. On allait aussi dans les coulisses du Grand Théâtre Forain, voir les acteurs et puis dans la salle, voir la pièce.

On jouait toujours LE BOSSU.

C'était beau et le Bossu, lui aussi, était beau, mais on ne le savait pas tout de suite ou, si on le savait, on l'oubliait bien vite. C'était un seigneur qui s'appelait Lagardère et se promenait dans les fossés de Caylus, une épée au poing et un petit enfant dans les bras. Il tuait Gonzague et tous les ennemis du nouveau-né, et Cocardas et Passepoil, deux brigands de ses amis, balançaient dans la rivière un bonhomme tout noir et méchant, et puis ils riaient et

16

criaient : « Ce bon Monsieur de Peyrolles est-il content ? »

Là, c'était aussi drôle qu'au cirque Pinder, où les clowns faisaient des trucs à faire peur pour faire rire.

Les clowns, c'était ce que j'aimais le plus, pas tellement celui qui portait un costume tout bouffant, tout brillant, un chapeau tout propre, sur son visage tout blanc. Je préférais les autres qui étaient comme des mendiants et des ivrognes, qu'on rencontrait dans les rues mais qui seraient devenus fous et, malgré tout, très contents.

On les appelait les Gugusses ou les Augustes comme mon grand-père et, pourtant, ils ne lui ressemblaient pas du tout.

Lui, c'était plutôt Monsieur Loyal, un gros ennuyeux, sérieux, qui parlait très haut et très fort, en faisant claquer son fouet. Mais il n'était pas dompteur et s'il était entré dans la cage, Monsieur Loyal, les fauves l'auraient sûrement mangé.

Entre les Loteries et les Tirs, il y avait un grand Musée, le Musée Dupuytren. C'était rempli de monstres, alors on n'y allait jamais. Mais il y avait leurs portraits terribles sur de grandes affiches, et à l'entrée, un homme de cire, dans une cage de verre, avait trois oreilles et un pied.

« Qu'est-ce que c'est ? »

« Rien d'intéressant », répondait mon père. « Allons plutôt voir le décapité parlant. »

On y allait, mon père connaissait le directeur, et c'était pas long à voir : un condamné s'agenouillait devant un billot comme au Moyen Age, le Bourreau tout en rouge levait sa hache et hop, il coupait la tête qui tombait en même temps que le rideau.

Quand le rideau se relevait, sur un grand plat, il y avait la tête avec tout autour les sous qu'on jetait.

On pouvait même la toucher, et elle disait merci. Elle était beaucoup moins triste que les têtes de veau à l'étalage des tripiers, belles comme des statues de l'antiquité.

Quelque temps après, à la même baraque, c'était à peu près pareil, mais la manière avait changé : le bourreau était en redingote et le condamné avait au-dessus de la tête le couperet de la guillotine. « Qu'est-ce que vous voulez », disait le directeur à mon père... « il faut bien se moderniser... on n'arrête pas le progrès ! »

« C'est très joli, le progrès, très pratique », me disait mon père en s'en allant..., « mais ce n'est pas très beau, quand même. »

En sortant, on passait devant une grande roulotte, d'où sortaient des voix d'enfants chantonnant en chœur l'alphabet. C'était l'école foraine et pour me faire peur, mon père me disait qu'il allait m'y laisser. C'était bien la fête, mais pas à ce point-là ! et j'avais beau savoir que c'était pour rire, cela me faisait un peu froid dans le dos...

Ce fut ma mère qui m'apprit à lire, puisqu'il fallait bien y passer. Avec un alphabet, bien sûr, mais surtout avec l'Oiseau bleu, avec la Belle et la Bête et la Belle aux cheveux d'or, avec le Petit Tailleur, les Musiciens de la ville de Brême.

Comme toutes les plus belles filles du monde, ma mère avait aussi les plus beaux yeux et d'un bleu tellement bleu et tellement souriant. Des fois elle rougissait ou plutôt devenait toute rose, et elle était comme les reines qu'on peint sur les tableaux et aujourd'hui, je la vois nettement, comme dans un film, avec un bouquet de violettes au corsage, un oiseau sur son chapeau, une voilette modelant son visage et son sourire toujours nouveau. Mais elle était bien plus vivante qu'une actrice, tout ce qu'elle faisait était vrai et jamais elle ne tint aucun rôle. C'était une étoile de la vie.

Quand dans la rue, au marché, ou n'importe où, on lui disait qu'elle était belle, un peu gênée, elle rosissait puis éclatait de rire : « C'est le fou rire », disait-elle, « je l'avais déjà toute petite et toujours à n'en plus finir. C'est plus fort que moi, plus fort que les larmes que j'ai jamais versées. » Et, le fou rire me prenant à mon tour, elle ajoutait : « Tu vois, c'est contagieux. Il y en a qui attrapent froid et d'autres la gaieté. »

Mon père et ma mère ne riaient pas autant ensemble mais ça se voyait qu'ils s'aimaient beaucoup et même quelque part, ils se ressemblaient.

Mais ils n'étaient pas pareils. Mon père, lui, commentait les choses, en tirait la « moralité » et, comme je l'amusais, le fâchais, le décevais et l'intriguais tout à la fois, il m'expliquait, il me disait comment j'étais dans le fond. Ma mère, jamais : elle me savait.

Et puis, elle avait autre chose à faire avec mon frère et moi, avec mon père et — ça je le compris plus tard — avec Loubet.

Loubet, c'était le chat. Un beau chat de gouttière, tout gentil. Loubet, c'était mon ami.

Mais ma mère, qui avait tant à faire, chantait toujours.

> Crois-moi, mon ange
> Jamais le cœur ne change
> L'amour d'un jour
> Ce n'est pas de l'amour…

... et un tas d'autres chansons, plus jolies les unes que les autres.

Toujours, quand mon père rentrait, tout était prêt pour le dîner. Mais il n'arrivait jamais à l'heure et même, quelquefois, pas du tout.

Mais il trouvait toujours de bonnes excuses :

« ... Pardonne-moi, Suzanne, en retard comme toujours, mais aujourd'hui d'une heure seulement.

« Mettons une heure et demie », disait ma mère sans être le moins du monde enthousiasmée. « Mais tu es tout de même en progrès. »

Il était de taille moyenne, mon père, c'est-à-dire presque petit, avec une barbe brune, les yeux très bleus lui aussi, comme nous tous, et un nez plutôt grand.

Il portait presque toujours un veston « à doubles rangées de boutons », un chapeau melon l'hiver, un canotier quelquefois noir l'été, et souvent une petite casquette à carreaux, c'était la mode, comme les champions de vélo.

Il travaillait à « La Providence », une grande Compagnie d'Assurances de Paris, rue de Gramont, près de l'Opéra-Comique. Mais les accidents, les incendies, ça ne l'intéressait que médiocrement.

« Je fais ça en attendant », disait-il, mais il ne donnait jamais aucune précision sur ce qu'il attendait. Comme son travail l' « ennuyait souverainement », il s'occupait d'un tas de choses à côté, la politique, le sport, et surtout le théâtre.

Il avait rêvé d'être acteur, comme son frère Dominique ; talent à part bien entendu, car il avait plaisir à affirmer que Dominique n'en avait aucun et que s'il n'avait pas épousé une femme riche et un peu âgée, on ne le verrait pas beaucoup sur .es planches où déjà on ne le voyait guère et toujours dans de petits rôles d'une éblouissante insignifiance.

Il tenait ses assises au café de l'Hôtel-de-Ville et c'est en rêvant devant le sucre qui fondait sur le grillage de la cuiller à absinthe qu'il nous citait la dernière phrase du COMTE DE MONTE-CRISTO : « Attendre et espérer » ! Et, quand il était d'humeur morose, celle d'Émile Zola, avant le point final du VENTRE DE PARIS : « Quelles fripouilles que les honnêtes gens ! »

Il aimait beaucoup les livres. Il écrivait un peu dans les journaux. Il faisait la critique dramatique, c'est-à-dire qu'il écrivait son avis sur les pièces, même quand elles étaient comiques.

Il avait écrit aussi un roman-feuilleton qui se passait en Bretagne et sous l'Empire. Cela s'appelait DIANE DE MALESTREC, et c'était très difficile à suivre, il était d'ailleurs le premier à en convenir.

Il avait toujours des rendez-vous très importants, au Ratodrome, au Fronton de Pelote basque, avec des lutteurs japonais ou à la Permanence de la Patrie française. Je n'aimais pas du tout aller là où les gens s'esclaffaient parce qu'on avait un chat qui s'appelait Loubet. Mon père avait beau m'expliquer que c'était parce que le président de la République s'appelait pareil que mon chat, je détestais ces gens-là. Quand ils passaient tous en bandes dans les rues en criant « A bas Loubet ! » j'aurais voulu, comme Cocardas et Passepoil, les flanquer tous dans les fossés de Caylus et quand ils criaient « Vive Déroulède ! » je n'aimais pas non plus celui-là.

Un jour, Loubet disparut : il en avait sûrement assez d'être insulté ou, je n'osais même pas y penser, peut-être qu'ils l'avaient tué.

Et nous eûmes un autre chat. Mon père l'appela

Sigurd parce qu'il l'avait trouvé dans les coulisses de l'Opéra. Sigurd était très beau, très drôle et tout gris. Je l'aimai tout de suite, mais sans oublier Loubet. D'ailleurs, dans les rues, on parlait toujours de lui et dans le Bois aussi. Tout le monde se battait et les gardes à cheval et à pied tapaient sur tout le monde pour « les séparer ».

« Pourquoi se battent-ils ? » demandai-je.

« Pas les mêmes idées », répondait papa.

Moi je n'aimais pas les idées de ceux qui insultaient mon chat et c'était difficile de les reconnaître, de savoir lesquels. Ils roulaient par terre tous ensemble et s'enfuyaient en même temps et du même côté, et comme ils criaient tous « Vive la France ! » c'était trop compliqué. Ils criaient aussi « Mort aux Juifs ! » ou aux « Youpins » comme ils les appelaient et j'entendais leurs chansons :

> Chassons les Youpins
> Et les Francs Copains
> Chassons loin de chez nous
> Cette race de filous...

Comme je questionnais mon père, il hochait la tête et n'avait pas l'air d'approuver :

« Les Juifs, tu comprends... »

Mais on dit toujours « tu comprends » aux enfants qui ne comprennent pas. Et il poursuivait :

« C'est comme, je ne sais pas, moi, les Bretons, par exemple : il y en a des bons et des mauvais et, pour la plupart, c'est des bons, et les Bretons, c'est une race, une belle race même. Et pour les Juifs, c'est peut-être pareil, à peu de chose près. Enfin, ils crient n'importe quoi, ne t'occupe pas de ça. C'est pas de ton âge et ça leur passera. »

Mais il y avait toujours du bruit comme ça dans Neuilly. Et, une nuit, mon père rentre à la maison et réveille tout le monde. Il est tout pâle, ne trouve plus ses mots. Il vacille un peu.

« Ils ont tué Syveton ! »

« Il n'y a tout de même pas de quoi réveiller toute la maison », dit ma mère. Et, comme mon père a l'air très fatigué et va se coucher, je demande à ma mère :

« Qui c'est, Syveton ? »

« Un ami de ton père, enfin, une relation. » Et, avec un grand soupir : « La Patrie française ! »

« Il en voulait à Loubet… c'est bien fait ! »

Et, assez réjoui à cette idée, je vais me coucher.

Le lendemain, on apprend par les journaux que Syveton n'a pas été assassiné, mais qu'il s'est suicidé, que c'est le docteur Tollmer qui l'a soigné. Ça tombe bien. Le docteur Tollmer est notre médecin et, bien vite, il vient nous raconter comment ça s'est passé.

Je l'entends encore et je revois une grande image en couleurs, sur le PETIT JOURNAL ILLUSTRE. C'est tout de même très triste de voir l'homme, tout seul, la tête posée près du réchaud à gaz, et qui s'est suicidé.

Les jours passent. Avec la fête qui revient, avec les maladies qu'il faut avoir enfant et qu'on attrape fort heureusement une fois pour toutes. Nous, comme enfants, on n'a pas trop à se plaindre. C'est le docteur Tollmer qui nous soigne. Il est tellement bon, le docteur Tollmer, tellement de bonne humeur, que s'il avait été là quand Syveton s'est suicidé, cela ne serait pas arrivé.

« C'est tout simple, la santé, répète-t-il, mais il faut la garder. Sortir les enfants par n'importe quel

23

temps et la teinture d'iode s'ils sont enrhumés : dix gouttes dans du lait. Si ça ne va pas mieux, vous badigeonnez... et puis, bien entendu, l'huile de foie de morue. »

Ça, il aurait mieux fait de se taire, le bon docteur Tollmer, mais on ne lui en veut pas puisqu'il soigne très bien papa qui jouit « d'une très délirante santé » : l'entérite, les courbatures, la dépression nerveuse, la mélancolie.

« Freinez un peu le vélo », dit le docteur, « et les apéritifs aussi ; un jour ou l'autre, il faudra bien vous y décider. »

« Un jour ou l'autre, pourquoi pas ? » dit mon père.

Et le docteur s'en va. Mon père hausse les épaules :

« Il est bien gentil, avec sa mélancolie, sa neurasthénie. J'ai tout simplement le mal du pays, et pas du mien », ajoute-t-il en allumant sa pipe. « Il m'a fait trop de mal quand j'étais petit : j'ai le mal du pays, le mal de la Provence ! »

Peu de temps après il demande un congé à la Providence « pour affaire de famille » et prend le train pour le pont du Gard où un de ses amis habite une ruine de toute beauté.

« Vous verrez ça un jour », dit-il en nous embrassant.

« Un jour ou l'autre ! » dit ma mère.

Mais nous recevons des cartes postales du pont du Gard, des Alyscamps d'Arles, des Saintes-Marie-de-la-Mer, du château des Papes d'Avignon et aussi une boîte de calissons d'Aix.

Nous savons bien que, comme d'habitude, il ne restera pas longtemps et quand il revient, nous sommes tous très heureux de le revoir, d'autant plus qu'il nous dit, très ému, combien nous lui avons manqué.

Tout continue comme avant, mais le dimanche — et je ne sais pas trop pourquoi — nous allons déjeuner maintenant chez grand-père. On prend le métro et l'on arrive rue Monge, à côté d'un marché en face d'une grande place avec une statue.

« La place Maubert, le quartier le plus mal famé de Paris, une honte », dit mon grand-père, « heureusement qu'il y a Notre-Dame et pas question de déménager, on ne peut tout de même pas faire ça à Saint-Nicolas-du-Chardonnet. »

C'est sa paroisse, Saint-Nicolas-du-Chardonnet, où il est, je crois bien, quelque chose comme marguillier et où il a sa place au banc d'œuvres, ainsi que grand-mère Sophie.

Chez eux, c'était tout en haut, un grand appartement avec plein de petits tapis pour ne pas rayer la cire du parquet. Dans le salon, il y avait une bibliothèque et un peu partout, sur les tables, des livres étaient méticuleusement posés : LA VIE DE SAINT LOUIS, L'HISTOIRE DES CROISADES, LES GUERRES D'ITALIE, SAINT FRANÇOIS DE SALES et des souvenirs de vacances, toute la Suisse en deux albums, gros comme des dictionnaires, et que mon grand-père commentait sentencieusement quand il y avait des visites :

« Sophie et moi, nous nous sommes rendus à la Mer de Glace, et nous avons vu la Jungfrau, la Jung-Frau-au... la Vierge et, pour tout dire le Sommet. »

Et toutes les Alpes défilaient avec les horaires, les itinéraires, les noms et les prix des hôtels.

Les visiteurs dégustaient leur madère en l'écoutant, bouche bée.

Mais il y avait aussi des albums d'Ostende avec des baigneuses sautillant dans la mer, un crabe au bout du pied, et qui rentraient dans leur guérite à roulettes où, par de toutes petites fenêtres en forme de cœur, de vieux Messieurs, dont un ressemblait à grand-père, les « lorgnaient ».

Cela faisait rire l'oncle Ernest qui, « comme toujours », n'était pas avare de plaisanteries déplacées.

Celui-là, comme oncle, je l'aimais assez ; bien qu'il soit maintenant dans « les pneumatiques et l'automobile », on le considérait encore un peu comme la honte de la famille. L'oncle Dominique, ça allait encore, il était acteur, ces gens qu'à juste titre — autrefois — on n'enterrait pas à l'église, mais sa femme avait, du moins elle l'affirmait, de la religion.

« C'est de son âge », disait papa.

Pour Ernest, c'était différent. En pleine adolescence, tout jeune commis dans une soierie, il avait dilapidé son mois et même un jour, au magasin, avait dérobé une pièce de soie pour l'offrir à une fille du quartier Latin. Ça n'avait pas traîné : Mettray, la maison de correction. « Ancenis, à côté, c'était du velours, et pourtant c'est là où moi j'ai été élevé, si l'on peut dire ! » disait papa.

A cette époque, il avait tant crié pour qu'on sorte Ernest de là qu'il en était tombé malade et que son frère avait été libéré et lui en gardait toujours une affectueuse reconnaissance.

De tout cela, rue Monge, on évitait de parler. Ce n'était d'ailleurs pas les sujets de conversation qui manquaient, avec l'abbé Vigourel et surtout l'abbé Malinjoux qui, tout en causant du Denier du Culte, des petits Chinois, de la Sainte Enfance et de l'Office central des pauvres de Paris, dont grand-père était directeur, nous observait mon frère et moi, qu'il appelait « les enfants d'André »... « d'un œil un peu inquisiteur », disait mon père, et ça ne plaisait pas du tout à l'abbé.

Grand-père se levait et tirait les jalousies. C'était une façon comme une autre d'exprimer son mécontentement car il savait que son fils aîné aimait le soleil.

Le soleil, d'ailleurs, grand-père le craignait autant que le rhume des foins et, toujours coiffé d'un haut-de-forme, même en été, c'est toujours à l'abri d'une grande ombrelle qu'il sortait.

« C'est un peu tropical, mais tellement pratique », disait-il.

Dans la pénombre, je regardais en souriant, posée sur le piano, dans un sous-verre doré, une photo de maman assise à ce piano, les doigts sur le clavier.

Elle était encore plus drôle que jolie, cette photo, car ma mère ne savait pas du tout jouer du piano, mais grand-mère avait beaucoup tenu à ce que la chose soit faite parce que la chose « faisait bien » ! Cela rassurait les gens qui se demandaient d'où ma mère venait et trouvaient qu'elle ne « cadrait » pas du tout, mais alors pas du tout, avec la famille.

D'où venait ma mère, qu'est-ce que ça pouvait me faire ? Tout ce que je savais, c'est que son père et sa mère étaient morts, il y a quelques années, qu'ils s'appelaient Catusse et que c'étaient des Auvergnats de Paris. C'est beaucoup plus tard, et par le cousin Louis, que j'appris que mon père l'avait connue, toute jeune, rue de la Huchette, dans un très pauvre et très vivant quartier de la ville. Elle aidait sa mère qui faisait des sacs, pas de la maroquinerie, simplement des sacs de papier pour les marchands des Halles.

« Ces grands-parents étaient charmants, eux », disait mon père en désignant les siens.

Et l'on reprenait le métro pour la porte Maillot. De temps en temps, nous aussi, on allait en visite, prendre le thé chez des amis, des « relations » comme on disait alors. Je les ai toutes oubliées. Pourtant je me souviens des Toucas-Massillon. Ils habitaient Neuilly, une jolie maison dans un quartier où le lierre grimpait, tenace, sur les murs quadrillés de bois vert. Il y avait là une dame d'une grande douceur et mon père parlait avec elle des cigales et de la Provence.

Dans un très joli jardin, je jouais avec un petit garçon aux cheveux bouclés, à peine plus âgé que moi, et qui s'appelait Louis.

Comment aurais-je pu deviner que je le reverrais un jour, beaucoup plus tard, et qu'il s'appellerait Louis Aragon.

Et l'on partait, nous aussi, en vacances. Pas en Provence mais en Bretagne, la petite Bretagne, disait mon père, puisqu'il paraît, et c'est un peu vrai, que la grande c'est le Finistère.

Les vacances, c'était pour mon frère ne plus aller à l'école, pour mon père échapper à la Providence, pour ma mère, se reposer si elle le pouvait, pour moi c'était la mer.

Nous allions à Pornichet, dans la Loire-Inférieure. La mer, je courais après elle, elle courait après moi, tous deux on faisait ce qu'on voulait. C'était comme dans les contes de fées : elle changeait les gens. A peine arrivés, ils n'avaient plus la même couleur, ni la même façon de parler. Ils étaient tout de suite remis à neuf, on aurait dit des autres.

Elle changeait aussi les choses et elle les expliquait. Avec elle, je savais l'horizon, le flux et le reflux, le crépuscule, l'aube, le vent qui se lève, le temps qui va trop vite et qui n'en finit plus. Et puis la nuit qui tombe, le jour qui meurt et un tas de choses qui me plaisaient et que, loin d'elle, très vite, j'oubliais. Tout près de Pornichet où nous habitions une petite maison, il y avait La Baule. Une immense plage comme le Sahara sur les images avec, au beau milieu, un petit café-casino, sur pilotis. Et des méduses par milliers, échouées sur le sable, et qui tremblaient comme des crèmes renversées, abandonnées par la mer qui les reprendrait peut-être, je le souhaitais pour elles, à la prochaine marée.

C'était tout petit, Pornichet, un petit peu sauvage, mais il y avait le facteur, des pêcheurs, des marchands de cœurs à la crème et même une fois un cirque est arrivé avec quelques pauvres animaux savants, un musicien et un clown.

« Le plus petit cirque du monde », criaient les forains à la parade. Ils m'avaient emmené avec eux dans une petite roulotte et je traversais, très fier, la ville.

Jamais chose pareille ne m'était arrivée à Neuilly. Le lendemain, comme ils partaient, mon père proposa de faire un petit bout de chemin avec eux.

Nous partîmes et, en route, mon père, avec un grand lyrisme et dans ses moindres détails, racontait la fête de Neuilly aux forains éblouis. Nous allâmes jusqu'au Croisic, au bourg de Batz et, quand nous revînmes, quelques jours plus tard, après nous être arrêtés çà et là, nous trouvâmes le garde champêtre tapant sur son tambour en annonçant qu'une famille de Parisiens, laissant la porte ouverte et leur chat affamé, avait disparu et sans doute, avait été emportée par la mer !

Le tambour funèbre s'était tu et, presque tous les jours, nous faisions de grandes randonnées.

« En route, mauvaise troupe », disait mon père et, lorsqu'il rencontrait des gens avec une tête qui ne lui plaisait pas, il criait :

« Les chiens aboient, la caravane passe ! »

Et la caravane passait, poussant parfois jusqu'à Guérande ou encore plus loin, à Paimbœuf au bord de la Loire, où habitait le cousin Louis. C'était un grand artiste en son genre. A cette époque, il poursuivait l'œuvre de sa vie : la reconstitution en carton et dans ses moindres détails de tous les châteaux de la Loire, sans en excepter un seul. Les châteaux prenaient tant de place qu'il était difficile de se frayer un chemin dans la maison.

« Si ça continue », disait mon père, « tu seras contraint de coucher dehors. »

« J'appellerai ça la vie de château », disait le cousin Louis.

Il y avait aussi l'abbé Prévert, mais la caravane ne passait pas chez lui. Sa paroisse était trop loin et ce n'était pas dans le programme, mais une carte postale au jour de l'An remettait la politesse en place.

Comme on revenait souvent à la nuit tombante, mon père disait que c'était tout à fait la « Fuite en Égypte » ! désignant, sous la lune, les blanches pyramides des marais salants.

Quelquefois, on allait à Nantes, où mon père était né et où mes grands-parents venaient parfois en pèlerinage. Nantes, c'était beau tellement ça remuait ; le chemin de fer traversait toute la ville comme un tramway et la mer aussi, comme lui, entrait là comme chez elle, avec ses bateaux à vapeur et ses grands voiliers.

« On a beau dire que ce n'est pas tout à fait la Bretagne », répétait mon père, « mais Nantes, c'est tout de même encore la capitale de la marine à voiles. »

Il était attablé à « La Cigale », un grand café beaucoup plus grand que celui de l' « Hôtel-de-Ville ». C'était de bonne heure, le matin, et sur les tables, avec les cafés au lait, il y avait de très petites bouteilles de vin blanc, des « fillettes » de muscadet.

« J'ai du muscadet dans les veines », disait mon père, en dégustant comme tout le monde sa « fillette ». « Ça saute des générations, le muscadet. Ton grand-père n'en boit pas, alors j'ai hérité de grand-papa, il était capitaine au long cours, ton arrière-grand-père, c'est tout dire ! »

« Tout dire quoi ? »

« Qu'il aimait le muscadet, et que le muscadet le lui rendait bien ! »

Il en buvait en s'embarquant, pour lui dire adieu, en revenant pour dire combien il était content de retrouver un ami et, dans ses voyages, il buvait un tas de choses très fortes, en chantant toujours ses louanges.

« Il est vrai que ton grand-père, à toi, comme dans la chanson, n'a jamais navigué. »

« Et toi ? »

« Moi non plus, hélas. Il ne voulait pas. Il n'était pas marin, mais libraire, sur le quai Cassard et quand le capitaine arrivait et lui demandait des livres qu'il avait notés sur un petit calepin, on lui répondait : " Nous ne tenons pas ce genre d'ouvrages ! " »

Il éclatait de rire et chantait une petite chanson

31

qui n'était pas pour les enfants et « pas pour les grandes personnes non plus », précisait Sophie.

Mon père fredonnait la chanson du grand-père en attaquant une autre « fillette » :

> ... J'ai rencontré Jeannette dans le bois
> Et je l'ai...

Mon père s'arrêtait et poursuivait :

> ... embrassée trois fois.

Il continuait : « J'aimais beaucoup mon grand-père ; il est mort très vieux ; depuis longtemps il n'avait plus toute sa tête à lui. On me demanda de le veiller la nuit, je me suis couché près de lui et je me suis endormi. Le matin tout le monde était scandalisé ; on me fit honte, on me traita de petit monstre, on me punit très sévèrement. Pourquoi ? Nous avions peut-être rêvé tous deux ensemble et si j'étais resté assis, aurait-il passé une meilleure nuit ? » J'étais de son avis et je n'étais pas très content quand mes grands-parents me gardaient à Nantes avec eux, même un jour ou deux. J'étais sûr que si ça tombait un samedi, ils m'emmèneraient le lendemain à la messe.

Heureusement, en sortant, on allait dans la grande pâtisserie où grand-père, d'un geste noble et péremptoire, désignait le gâteau de son choix en disant son nom à haute voix.

« Je désire un Non-Autorisé ! »

C'était un moka au café ou au chocolat orné d'une superbe fleur de lys en sucre candi.

« Ton grand-père est royaliste », expliquait papa.

« Et toi ? »

« Moi, comment ne serais-je pas républicain

puisque né le 4 septembre 1870 ; mais je suis aussi un peu bonapartiste, ça agace tellement ton grand-père. Tu comprends, il a tout de même emprisonné le pape ! Bien sûr il a commis aussi de grandes erreurs, cette idée de faire fusiller le duc d'Enghien ! »

« L'Aiglon ? »

« Non, l'Aiglon c'était le duc de Reichstadt mais je comprends que tu puisses les confondre : ils étaient très jeunes tous les deux. »

Et Nantes remuait toujours. Une fois, par les fenêtres de grand-père, on a vu les gens qui défilaient avec des drapeaux pas comme les autres ; mais comme à Neuilly, ils se battaient avec les agents, les gendarmes, et chantaient des chansons violentes et tristes mais pas comme les autres, elles non plus. Et cela m'effrayait un peu, surtout que mon grand-père, cramoisi de colère, d'asthme et d'indignation, racontait des choses pas du tout rassurantes, les noyades de Nantes. Un pirate qui s'appelait Carrier, d'un grand bateau percé exprès, jetait tous les gentils-hommes dans la Loire.

« Et si on se laisse faire, ça va recommencer ! » criait grand-père. « Avec tout ça, elle devient jolie, la société ! »

Tout ça, je savais qui c'était : les ouvriers des chantiers de Saint-Nazaire, les femmes « en cheveux », les pétroleuses, les petits sauteurs et les gommeux, les cocottes, les poissonnières, les anarchistes, les marins en bordée et qu'à Nantes, comme à Paris, « tout ça », c'était à mettre dans le même panier.

Les vacances finies, on rentrait et une fois mon père nous montra, par la portière, le petit village d'Ancenis.

« Regarde Ancenis, et si tu ne l'as pas vu, tu n'as rien perdu. Dans son petit séminaire, j'ai fait mes études, c'est l'endroit où j'ai le plus souffert de ma vie. Ils étaient odieux et cruels avec les enfants qui ne les aimaient pas. »

« Tu le leur disais ? »

« Pas la peine, ils le voyaient et c'était logique : ils faisaient souffrir tranquillement ceux qui ne pouvaient pas les souffrir. Maintenant, quand tu m'entendras crier mes cauchemars, tu sauras ce qu'il y a dedans. Ta mère, d'ailleurs, le sait depuis long-temps et me réveille très vite, car elle aussi... »

« Oh moi, ce n'était pas pareil », disait ma mère en regardant le paysage, « je n'oublie pas, bien sûr, mais ça ne me donne pas de mauvais rêves. »

« J'étais chez les sœurs, des femmes qui igno-raient tout de la vie. Quand on n'était pas sage, on allait au coin avec une queue d'artichaut dans la bouche pour bien comprendre l'amertume de la faute. »

« C'est amer ? »

« Oui, ma sœur. » Et on devait se mettre à genoux et tracer par terre une croix avec la langue.

« Tu pleurais ? » lui demandai-je.

« Non, et pourtant c'était bête à pleurer. »

Son grand fou rire la reprend, elle sort Sigurd du panier, le prend dans ses bras et le berce comme un enfant.

« Si tu m'aimes, Sigurd, remue l'oreille une fois. »

Et Sigurd remue l'oreille.

« Et Jacques et Jean, si tu les aimes, remue deux fois. »

Sigurd remue deux fois.

« Et André ? Si tu l'aimes, remue trois fois. »

34

Et Sigurd ne remue pas l'oreille du tout.

Mon père hausse les épaules, vexé.

« Ça a beau être idiot, mais c'est chaque fois la même chose, pourtant, j'aime beaucoup les chats, comme le cardinal de Richelieu. Sigurd !... »

« Il dit peut-être ça pour rire », et elle poursuivait, « n'est-ce pas que tu aimes bien André et même que tu l'aimes beaucoup » ?

Et Sigurd remuait les deux oreilles à toute vitesse comme un petit âne incommodé par les mouches.

J'ai mis longtemps à comprendre le truc et pourtant c'était d'une simplicité enfantine, un souffle, un rien. Ma mère, imperceptiblement, soufflait sur l'oreille du chat en temps utile.

« Ta mère, c'est une fée », disait papa.

C'est pour cela que j'avais peur, quand elle me lisait des contes, qu'elle disparaisse dans l'histoire, comme les fées qu'elle évoquait.

On revenait, l'automne s'attardait un peu pour prolonger ses adieux, et c'était l'hiver avec ses histoires déchirantes de ramoneurs perdus dans la neige comme les pauvres à Paris dans les rues.

Ma mère attendait le printemps ; elle était soucieuse et préparait des petits vêtements parce qu'elle attendait aussi un bébé en même temps. C'est pas grand, un bébé, mais je me demandais comment il allait tenir là-dedans. Tout le monde l'attendait aussi, ce bébé, même les voisins. Un jour, la date était marquée sur le calendrier, ma mère se couche. Elle n'était pas bien, elle avait grossi un petit peu, elle avait l'air fatigué. En dehors de la nuit, c'est la première fois que je la voyais couchée. La seconde fois que je la vis malade, couchée, en toute une vie, c'était peu après la Libération, comme on dit, et c'était pour dire adieu à la vie.

Mais à Neuilly, au mois de mai 1906, tout autour du lit les gens disaient :

« Qu'est-ce que tu préfères... qu'est-ce vous préférez, une fille ou un garçon... une fille, ça vous changerait ! »

« Pourquoi choisir d'avance », disait maman, « je préférerai celui ou celle que j'aurai. »

Moi, j'étais inquiet, les nouveau-nés me faisaient plutôt peur. Ceux que j'avais déjà vus n'avaient pas l'air heureux, on aurait dit des petits vieux. Ils étaient attachés, saucissonnés, et pleuraient, criaient, sans pouvoir se débattre. Mon père qui, lui non plus sans doute ne les appréciait guère, disait qu'ils étaient « dans la camisole de force ». Quand on les déshabillait, ils commençaient des gestes, mais ne les finissaient pas, comme les jouets mécaniques dont on a perdu la clé ou dont le ressort est un peu détraqué.

Un beau jour, on dit toujours un beau jour, mais celui-là n'était pas plus beau que les autres, au contraire, ma mère parut tout à coup plus malade qu'on me l'avait dit et mon père beaucoup plus nerveux que d'habitude. Il se disputait avec grand-mère Sophie qui nous racontait des histoires de choux, de cigognes, d'enfants voués au bleu ou au blanc et je ne sais plus quoi encore. Une grosse bonne femme traversait tout le temps l'appartement avec des seaux remplis de coton taché de sang.

C'était comme à l'Hôpital, le jour des amygdales.

Et mon frère arriva.

Ma mère, plus souriante encore que d'habitude, tenait mon frère dans ses bras et le regardait sans rien dire.

« Elle joue à la poupée », dit papa, et Pierre, c'était le nom de mon petit frère, je trouvais que pour un nouveau-né il avait l'air plutôt jeune lui aussi..., et, sans doute pour faire plaisir à ma mère, je déclarai que je l'aimerais beaucoup.

Plus tard, ce que j'avais dit devint vrai, mais je mis beaucoup de temps avant de m'en apercevoir.

Peu de temps après la naissance de mon frère, nous déménageons. C'est la première fois, ça m'amuse beaucoup mais mon père et ma mère, pas du tout. Nous avons beaucoup d'ennuis, paraît-il, et naturellement, comme toujours, des ennuis d'argent. Mais cette fois, il paraît que « ça dépasse les limites ».

« Plein la malle jusqu'au cadenas ! » dit papa.

Il a perdu sa situation. Il ne tenait pas tellement à elle et elle, sans doute, pas davantage à lui.

« Nous nous séparons à l'amiable », dit-il, « mais hélas l'amabilité, pécuniairement parlant, n'arrange les choses que très provisoirement. »

Nous habitons maintenant rue Jacques-Dulud, un petit rez-de-chaussée assez sombre mais beaucoup plus près du Bois, « ce qui est tout de même une petite compensation », dit mon père.

Compensation ou pas, nous ne vivons plus pareil. Au café de l'Hôtel-de-Ville, mon père y va moins souvent et quand il y va, boit beaucoup plus modestement..., ou, désignant d'un doigt désinvolte mais un peu tremblant ses soucoupes à un ami, il lui dit :

« Excusez-moi, je vous laisse ça, je suis sorti sans rien sur moi. » Un peu plus tard, rendant la politesse, c'est au garçon qu'il s'adresse avec une hésitante autorité :

« Pour moi tout ça. Mettez-le sur mon compte. »

Et il donne un pourboire royal.

Puis, sautant sur son vélo, fait plusieurs fois le tour de la place, à toute vitesse, « en haute voltige », revient me chercher, m'assoit sur son guidon, salue tout le monde et prend congé.

Bien plus souvent, nous allons tout près de chez nous, dans un petit bistrot pas cher et où il n'y a pas de place pour s'asseoir.

« Tu vois », dit-il, « maintenant je vais au bar, comme les Anglais. » Puis au patron :

« Pas de monnaie, je payerai en repassant. »

Le patron sourit, jetant un coup d'œil blasé sur un faire-part collé au mur, à côté des bouteilles et qui annonce que « crédit est mort » et que les mauvais payeurs l'ont tué.

A la maison, on mange froid presque tous les jours. A moi ça me plaît, j'aime beaucoup la charcuterie, les sardines à l'huile, le roquefort, et les biscuits trempés dans le vin.

Quand ma mère demande de l'argent à mon père « pour les courses », mon père hoche douloureusement la tête. « Les courses, toujours les courses. J'aurais fait un pauvre jockey, pas champion pour les courses, même à Auteuil et surtout pas à la course à la pièce de cent sous ! »

Et ma mère allait faire les courses tout comme mon père allait au bar, à crédit.

Lui se couchait très vite et avec les journaux, sans même attendre la fin du jour.

« Les Romains mangeaient couchés, grâce à ça, ils firent de grandes choses et demain, j'ai une dure journée. »

Chaque jour il partait à Paris pour des rendez-vous-très-importants et, le soir, il rentrait et parfois avec un peu d'argent et même des bonbons et des livres quand ce n'était pas un billet de loterie.

Dans le quartier, les dettes commençaient à crier et le planteur de Caïffa, avec sa petite poussette, ne s'arrêtait plus chez nous pour livrer le café, et il était question du loyer et d'un vautour à qui appartenait la maison où nous habitions. Il arrivait à mon père d'évoquer « La Providence » avec une certaine nostalgie. Mais il avait, disait-il, tant de magnifiques projets que bientôt, et sans aucun doute, tout allait définitivement s'arranger.

« Et les chiens pourront bien aboyer, rien n'empêchera... »

« ... la caravane de passer... avec ça on n'est pas pieds nus », concluait ma mère, en levant au plafond ses beaux yeux.

Mais elle ne pouvait s'empêcher de rire et mon père, gagné par sa gaieté, se mettait à chanter assez faux mais à tue-tête, un grand air d'opéra : SIGURD, air qu'il aimait tout particulièrement à cause du chat. Ou bien GRISÉLIDIS, un opéra-comique qu'il aimait également :

Oh lune, amie, oh ma complice
Au vieux Satan fidèle encor
Verse sur la terre endormie
Le sang de ta blessure d'or.

Je trouvais ça très bien, moi aussi, à cause du diable. Mais ils avaient beau dire, beau chanter et rire, je savais qu'à la maison, il y avait quelque chose d'abîmé. Heureusement que ma mère m'a déjà appris à lire. Aujourd'hui, avec le bébé, elle n'aurait pas le temps.

Alors je lis et même, quand ça fait peur ou que ce n'est pas gai, ça m'empêche de trop penser à ce qui est triste pour de vrai. Et puis, j'aime lire. J'en ai pris très vite l'habitude et le livre refermé, je n'oublie pas de sitôt ce qu'il y a dedans. Mais je confonds souvent les histoires que j'ai lues avec celles qu'on m'a racontées, mais pas LE PETIT CHOSE avec DAVID COPPERFIELD, ni LA DAME DE MONTSOREAU avec MILADY DE WINTER. Sauf LES MÉMOIRES D'UN ÂNE à cause de Cadichon, je n'aime pas la « Bibliothèque Rose ». Pourtant LES MALHEURS DE SOPHIE m'auraient amusé s'ils étaient arrivés à grand-mère.

Je n'aime pas les livres dont on m'a fait cadeau le jour de l'An. Je n'aime pas LES LETTRES DE MON MOULIN, je n'aime pas « Le Sous-Préfet aux champs » qui faisait des vers en mâchonnant des violettes, je n'aime pas ces livres. Je préfère les autres, tous les autres, tous les livres des autres.

Je lis un livre de maman, LE VOYAGE D'UNE NOCE PARISIENNE AUTOUR DU MONDE.

« Mon rêve est trop beau pour être compris, ce sont les sorciers qui me l'ont appris. »

C'est un Indien qui dit ça à la mariée. Il est très beau sur l'image et la façon qu'il a de parler me plaît.

Je lis LES MILLE ET UNE NUITS, les LECTURES POUR TOUS, les AVENTURES DE SHERLOCK HOLMES et je relis toujours LE TOUR DE FRANCE PAR DEUX ENFANTS, là où le Jura est si beau et si bien raconté que j'ai envie d'y aller un jour... et puis le grand marteau-pilon qui bouche la bouteille sans briser le flacon.

Et LA FÉE DES NEIGES et LA PETITE FILLE DES BRIGANDS. Et même le soir, je lis très tard avec la veilleuse allumée. Mon frère aussi ; nous échangeons nos livres à voix basse, sans trop nous chamailler, bien qu'il ait ses goûts à lui comme j'ai les miens.

Ainsi les nuits passaient très vite, sauf quand mon père, qui avait ses « cauchemars », me réveillait :

« Ne m'arrachez pas mes chaussettes, j'ai des engelures, ça m'écorche les pieds… Non, je ne veux pas qu'on m'enferme dans le cabinet noir ! » Je me levais, le secouais un peu ; il se réveillait, m'embrassait, ou alors c'était lui qui sautait du lit et venait me raconter ses mauvais rêves pour s'en débarrasser.

Des fois, je n'avais pas envie de dormir mais je voyais sur les murs des choses comme celles des livres et qui bougeaient ou qui restaient immobiles et figées.

C'était le beau jeune homme des MILLE ET UNE NUITS, tout à moitié changé en marbre ou la Peste rouge qui surgissait, silencieuse et masquée, dans un château où dansaient des Seigneurs, se moquant de la peste, s'en croyant préservés. Et puis, la Bande Mouchetée, le cordon de sonnette qui bouge tout seul, tout doucement, sans personne pour tirer dessus et l'homme mort, assis dans son fauteuil, devant son coffre-fort avec sur sa tête chauve le reptile immobile, comme une écharpe dénouée.

Était-ce sur le mur, dans mon rêve ou n'importe où ailleurs, mais je hurlais parce que j'avais peur.

Mon père se levait, venait me rassurer, mon petit frère criait, pourtant ce n'était pas moi qui l'avais réveillé ; depuis longtemps j'entendais ma mère lui parler à voix basse, tendrement, pour l'endormir. Et mon père, à voix basse aussi, me disait :

« C'est dommage qu'on ne puisse chasser les cauchemars à coups de pied. »

Comme j'étais triste, il me caressait les cheveux,

il me citait une phrase d'un écrivain qu'il connaissait et qui s'appelait Jean Lorrain :

« J'ai beau savoir que ce n'est pas grand-chose, ça me fait mal et ça me fait pleurer. »

Rue Jacques-Dulud, comme rue Louis-Philippe, comme dans toutes les rues, le matin revient et je vais chercher le lait et les journaux. C'est pas loin, il n'y a ni étages à monter ni à descendre. Alors j'ai le temps et je regarde à la devanture la couverture du PETIT JOURNAL ILLUSTRÉ. Toujours une grande image en couleurs, ça change toutes les semaines et c'est chaque fois des crimes, des accidents, des catastrophes avec du sang.

Je ne sais pas s'ils savent que c'est grand-chose et pas grand-chose et ça a l'air de leur faire mal même si ça ne les fait pas pleurer. Là j'achète aussi des images de soldats pour les échanger, les dorées coûtent deux sous, les pas dorées un sou, même s'il y a beaucoup d'officiers. On vend aussi des cartes postales, il y en a encore de la guerre russo-japonaise. Pourtant elle est finie depuis l'année dernière et c'est le Japon qui a gagné.

C'est des cartes comiques pour faire rire les gens, je n'aime pas ces cartes, surtout une où l'on voit une fanfare de soldats jaunes groupés comme dans celle des gardes républicains.

Ils ont le derrière à la place de la tête pour souffler dans leurs trompettes. Sur l'image il y a une inscription : « La Musique du général O-Ku. »

« Et c'est son vrai nom », dit le marchand, « les Japonais, tous des noms à coucher dehors. »

Mon père, à qui je raconte ça en prenant le café au lait, me dit qu'il n'y a rien de plus bête que de plaisanter avec le corps des êtres.

« Quand les gens sont beaux, ils sont beaux, hommes ou femmes, et de n'importe quel pays ; tu n'as qu'à regarder les statues. » Et il me parle des Grecs. Puis, soudain, s'interrompt et sourit comme les gens qui viennent d'avoir une bonne idée :

« Et les Arabes ou les Turcs, enfin, tu comprendras ça tout à l'heure, tu monteras sur le toit avec moi. »

Comme il l'a dit, on monte un peu plus tard, très discrètement, sur le toit, d'où l'on découvre au loin une belle maison blanche, comme en Arabie et je distingue vaguement, à travers les branches, un homme nu, une femme nue qui vont et viennent, comme s'ils se promenaient tranquillement dans la rue.

« Dommage qu'on ne puisse voir le petit crocodile mais tout de même, il faut bien le dire, nous sommes en plein dans LES MILLE ET UNE NUITS. »

« Mais ils ne sont pas nus dans LES MILLE ET UNE NUITS. »

« Dans les tiennes, mon petit, mais dans les autres, celles du docteur Mardrus, que tu liras plus tard, c'est pas la même musique », dit-il en redescendant, puis il ajoute : « Nous avons eu de la chance, on était tout seuls, quelquefois, il y a le concierge avec des amis. »

J'appris plus tard que, sans doute, cette maison était celle du docteur Mardrus qui traduisait librement et merveilleusement un des plus beaux livres qui aient jamais été écrits.

C'était comme ça quelquefois notre vie, comme LES MILLE ET UNE NUITS ou comme LES QUATRE CENTS COUPS DU DIABLE, une féerie que j'avais vue au Châtelet, mais aussi et de plus en plus, comme les CONTES d'Andersen les plus sombres, les moins plaisants, et mon père, quand on nous emmenait au Bois, faisait en souriant des allusions au Petit Poucet : « Surtout, n'oubliez pas les petits cailloux blancs ! » Pour nous rassurer, il ajoutait : qu'on pourrait tout aussi bien trouver en arrivant et comme par enchantement sur la table un repas féerique et pantagruélique, servi sur une nappe brodée d'or « et que l'on pourrait bazarder par la suite ».

Il faisait le menu avec le caviar, les ortolans, choisissait parmi les vins des meilleurs crus sans oublier le muscadet, ce parent pauvre mais princier.

Et un beau jour, qui l'eût cru, comme « par enchantement », cela arriva, mais à l'envers.

D'un coup de baguette magique — de magie noire disait papa, un sorcier à tête d'huissier était venu et tout avait disparu, sauf les lits, une table, la plus petite, quatre chaises, le berceau de Pierrot, ma ferme, mon cirque, mon cochon en carton et Sigurd.

Comme c'est grand maintenant chez nous, Sigurd a toute la place pour sauter, courir, on se croirait au Concours hippique et sur la petite table, on mange, mon frère fait ses devoirs et mon père écrit mais, heureusement, pas tout cela en même temps.

Ce que mon père écrit, et sans arrêt, c'est seulement des enveloppes et formules d'imprimés.

« Je suis », dit-il, « un type du genre de Madame de Sévigné mais s'il fallait que je paye les timbres, ce serait la ruine pour de bon. » Les enveloppes et un tas de petits travaux dans le même genre, c'est toujours « en attendant ». Mon père affirme que très vite il va dominer la situation.

Un soir, rentrant fort tard, il annonce à maman

que c'est chose faite et qu'il a trouvé... enfin qu'on lui a fait une excellente proposition :

« Une porte ouverte, c'est un peu loin évidemment mais en plein soleil ! »

« Le contraire m'aurait surpris », dit ma mère.

A la gare de Lyon, un soir, nous prenons le train pour Toulon. Le matin, mon père me réveille et d'un geste fastueux me présente le paysage comme s'il lui appartenait.

« Les oliviers, la Provence : je vous avais bien dit que nous irions un jour. »

Si j'étais le Chat botté, mon père serait certainement le marquis de Carabas, et comme ma mère le regarde, mon petit frère dans les bras et Jean à côté d'elle, encore endormi, il poursuit :

« Évidemment pas dans ces conditions-là, mais, que veux-tu, avec un soleil pareil, comment broyer du noir. »

Nous arrivons à Marseille dans une gare immense où tous les trains s'arrêtent devant un grand mur.

Soudain le panier à chats s'ouvre, Sigurd s'enfuit et bondit par la portière.

Nous descendons, affolés, et désespérément, l'appelons, le cherchons :

« Sigurd, Sigurd ! »

« Joli opéra », dit mon père.

Nous retrouvons bien vite le fugitif assis bien tranquille dans un coin, tout près de la sortie des voyageurs. Il a l'air de sourire et l'on dirait que, très content à l'idée de nous revoir, il est venu nous attendre à la gare.

« Bon présage », dit mon père, et l'on remet Sigurd dans son panier puis à la consigne avec les bagages et nous partons visiter Marseille, ne prenant que le soir le train pour Toulon.

Maman reste dans un café avec le petit, on reviendra la prendre pour déjeuner et l'on se dirige vers le port, vers la mer.

La mer, ce n'est pas la même, enfin elle ne ressemble pas à celle que je connais et Marseille ne ressemble pas à Nantes, ça ne remue pas pareil, c'est plus grand, plus beau peut-être, est-ce que je sais, mais j'aime mieux Nantes.

Il y a beaucoup plus de monde, beaucoup plus de bateaux, de lumière, mais j'aime mieux Nantes. J'aime mieux la mer de là-bas.

Après déjeuner, nous allons en bateau, tous ensemble, visiter le château d'If. Le guide nous montre le cachot d'Edmond Dantès et celui de l'abbé Faria.

C'est triste qu'il soit resté si longtemps là-dedans, même si c'est pas vrai, et il a eu raison de se venger, Monte-Cristo !

Au retour comme à l'aller, la traversée est calme. Ce n'est plus la mer qui remue comme une forêt, c'est un grand lac et un soleil qui dévore tout le paysage. Je n'aime pas ce soleil.

Un grand vent vient de se lever, tout chaud, tout pointu.

« C'est le mistral, la mer remue, tu es content ? » dit mon père. Et il nous emmène, mon frère et moi, à Notre-Dame-de-la-Garde, voir le panorama.

Non, je n'aime pas le mistral, je n'aime pas ce soleil et il me le rend bien.

A peine ai-je eu le temps de voir la mer s'agiter un peu que le vent emporte mon chapeau Jean-Bart et que j'ai soudain horriblement mal à la tête.

Je ne vois plus grand-chose. Le mistral,

méchamment, m'a jeté plein de morceaux de soleil dans la tête et un peu plus tard, le train qui nous emmène à Toulon roule avec eux et grince et crie et siffle sans arrêt dans cette tête.

Toulon.

Je suis couché, il y a un docteur dans la chambre, ce n'est pas le docteur Tollmer, c'est un docteur avec une voix qui chante.

« Il va mieux, encore un peu de délire, je ne crois pas à une fièvre cérébrale, une insolation, un malaise passager. »

Mon père et ma mère parlent aussi et très loin, et dans ma tête une grosse pierre tourne, s'avance, recule, s'en va et puis des chiffres arrivent, des chiffres qui se comptent tout seuls sans jamais s'arrêter.

Et puis tout ça s'en va. J'ai faim, j'ai soif et je me lève, je vais à la fenêtre parce que je veux savoir où je suis.

C'est beau. Une grande place avec des platanes et puis des diligences comme en Amérique et leurs chevaux qui rêvent au soleil, un soleil très doux qui se promène doucement dans le vert des branches.

C'est la place Armand-Vallée où nous habitons, au-dessus du bistrot d'un hôtel, une grande chambre avec trois lits, un papier peint tout déchiré et des petits cancrelats qui trottent sur une carpette usée. J'entre en convalescence, pas une grande, ça dure à peine deux jours.

Ma mère est rassurée mais mon père est très triste, et pas à cause de moi puisque je suis guéri.

« Ce n'est rien », dit-il, « la tristesse crépusculaire. La nuit tombe trop vite ici : on n'a pas le temps de se préparer. Je t'emmène voir Toulon. »

Je me dépêche et nous allons faire un petit tour dans cette ville que, tout de suite, j'ai aimée « par la fenêtre » et que je devais aimer davantage chaque jour en me promenant dedans. Il y avait des mendiants comme à Neuilly-sur-Seine, mais plus gais. Ils dormaient au soleil, le chapeau à côté, trop paresseux pour tendre la main : ce qui tombait, tombait. C'est tout. Des fruits, des barriques de vin, des poissons, des fleurs, tout était mélangé. Mon père fumait sa petite pipe de merisier et me racontait des histoires.

Parfois ses yeux brillaient et il éclatait de rire et puis, soudain, comme avant l'orage, son visage était couvert :

« Il faut rentrer, ta mère va s'inquiéter. »

Et il achetait du pain et des figues pour le dîner. Le pain était frais et les figues étaient toutes blanches de farine.

Et les routes, dans la campagne, étaient toutes blanches de poussière, mais avant de rentrer, nous descendions vers la mer. Toutes les rues, d'ailleurs, descendaient vers la mer : c'était leur raison d'être. Et la mer de Toulon, bien sûr, c'était pas l'Océan, mais elle était bien plus belle que la mer de Marseille.

Elle aimait sa ville. Sa ville l'aimait. Le soir, sur le quai Cronstadt, il y avait une petite musique, un petit clapotis comme nulle part ailleurs. Il y avait des marins qui débarquaient, heureux, et d'autres qui s'embarquaient pour rejoindre leur cuirassé ou leur torpilleur. Souvent il y en avait qui étaient saouls, qui chantaient, et des femmes sur le quai leur criaient et leur chantaient des choses drôles.

Et tous les jours des grands bateaux emmenaient les Toulonnais aux environs qui avaient tous de si jolis noms : les Sablettes, Tamaris, Saint-Mandrier, le Mourillon.

Partout des fleurs et des arbres, des mimosas, des platanes, des oliviers et de grands eucalyptus qui sentaient la pharmacie et qui changeaient de peau comme les serpents-boas. Les jours passaient. Mon frère et moi, on allait se promener, mais toujours chacun de son côté.

J'allais parfois au Chapeau rouge, un quartier du port qui me plaisait bien à cause de la musique, à cause du bruit : ça me rappelait la fête à Neuilly. Dans les cafés, il y avait de grands phonographes qui n'arrêtaient pas de jouer, et tout le monde dansait, des femmes très belles, très peintes et d'autres, vieilles et moches, encore plus peintes que les jeunes, dansaient avec les marins de l'Infanterie coloniale. Elles étaient très gentilles avec moi. L'une me disait qu'elle avait un petit garçon et l'autre, une petite fille. J'aurais bien voulu la connaître, voir comment elle était. Et puis, tout à coup, ils foutaient tout en l'air, la Marine et la Coloniale, et se battaient. Arrivaient alors les Fusiliers marins, pour rétablir l'ordre. D'autres fois, c'étaient des civils qui se battaient ; ils avaient l'air plus mauvais. Un jour, passant avec mon père, on croise un enterrement et, derrière le corbillard rempli de fleurs, des hommes et des femmes du Chapeau rouge, toute une foule, silencieuse et recueillie :

« C'est l'enterrement d'un maquereau », dit mon père.

Je lui demandai ce que cela voulait dire. Il me l'expliqua avec, semblait-il, beaucoup de difficulté.

Et l'hiver venait. Au bureau de l'hôtel, en buvant un verre qu'il faisait marquer, mon père demandait s'il n'y avait pas une lettre pour lui.

« Pas de courrier », répondait l'hôtelier.

« C'est gai », disait mon père.

Et il buvait un autre verre pour se consoler.

Une fois, il reçut un télégramme, le regarda longtemps, but un verre, puis un autre, déchira le télégramme et le jeta au vent, sans le lire.

« Mon petit, les télégrammes, c'est toujours des mauvaises nouvelles. »

Mauvaise nouvelle ou non, mon père décidait toujours de faire de longues randonnées, mais nous n'étions que deux dans la caravane ; Jean était entré à l'école et maman, avec le petit, était « vissée » à la maison, comme disait papa.

Il m'emmena voir les gorges d'Ollioules où fut arrêté, un jour, Ullmo, un officier de marine qui avait trahi la France pour les beaux yeux de la belle Lison, une autre fois à La Garde où se dressait une tour en ruine non loin d'un petit café en plein air où l'on dégustait, paraît-il, et pour rien, le meilleur vin de la région. J'appris après que le véritable motif de cette promenade, c'était d'aller rendre visite aux Toucas qui habitaient, là comme à Neuilly, une très jolie petite maison.

Le petit garçon n'était pas là mais sa mère, comme toujours, nous reçut avec une très grande gentillesse. Elle nous prépara une salade de kakis au rhum comme mon père, paraît-il, n'en avait jamais mangé nulle part ailleurs.

« Nous sommes allés chez les Toucas », dit mon père à maman en rentrant.

« ... et tu les as tapés, naturellement... »

« Je n'ai rien demandé », rectifia papa, « mais je ne pouvais refuser ce qu'on m'offrait si délicatement. »

Et ce fut Noël.

Le soleil caressait les vitrines des « Dames de France », le plus grand magasin de Toulon, qui était rempli de jouets et aussi, dit grand-mère, de cadeaux utiles.

Mon père acheta un gâteau, des oranges et des fleurs et s'assit avec moi à la terrasse du Coq-Hardi, en se frottant les mains rien qu'à l'idée du temps de chien qu'il faisait sûrement à Paris.

Noël passa très vite et l'hiver avait beau s'annoncer radieusement, mais l'hôtelier devenait de moins en moins aimable et ma mère semblait quelquefois gagnée par la tristesse de mon père.

Bien sûr, elle souriait toujours, mais le fou rire l'avait abandonnée. Un soir mon père m'emmena sur le quai Cronstadt et, ce soir-là, le quai était désert et froid et mon père était si désemparé que le petit clapotis de la mer, on aurait dit qu'il fredonnait une chanson triste, un mauvais air.

« Mon petit, à force de tirer sur la corde, elle finit par casser, au bout du fossé la culbute, et j'en passe. Enfin, tu comprendras cela quand tu seras plus grand. Je vous aimais trop et pas assez. Moi parti, on s'occupera de vous et ça leur servira de leçon. »

« T'es pas fou, papa? »

« Ton père, c'est comme un chien abandonné, adieu mon petit. Je vais me fiche à l'eau. Surtout n'oublie pas de dire à ta mère que je l'ai beaucoup aimée. »

Il m'embrasse, mais je l'entraîne :

« Allons papa, fais pas de bêtise. »

« Je n'ai pourtant rien bu », dit papa.

« J'ai pas dit ça, allez, rentrons. »

Et j'emmène mon père par la main comme un père emmène son petit garçon.

A l'hôtel, mon père s'arrête un instant au comptoir et je raconte à ma mère cette pauvre histoire.

Ma mère en m'embrassant me dit :

« N'aie pas peur, il m'a déjà fait le coup à moi aussi, à Paris, au bord de la Seine, dans le square du Vert-Galant. »

Le lendemain, ou un autre jour aussi proche, mon père reçoit une lettre recommandée.

« Est-ce une bonne nouvelle ? »

« Ni bonne ni mauvaise, une bouée de sauvetage de rien du tout ! » dit mon père, « mais ça vaut tout de même mieux qu'une pierre au cou. » Et, avec un grand soupir de regret : « Demain, nous rentrons à Paris. »

Paris, 1907.

Dès notre arrivée, nous allons dans un petit hôtel proche de la gare.

« On ne pouvait aller plus loin », dit ma mère.

« Ni descendre plus bas », dit papa en nous quittant.

L'hôtel est sale et gris, mais le poêle est tout rouge et les gens qui se chauffent autour sont tous gentils avec ma mère et aux petits soins pour elle car, avec Pierrot, elle ne peut pas rester dans la chambre qui n'est pas chauffée. Moi, je vais me promener dans la gare et tout autour.

A Paris, il y a beaucoup plus de bruit qu'à Toulon et tout va si vite, tout est si froid, qu'en courant, je rentre à l'hôtel où, un peu plus tard, mon père arrive à son tour et nous dit qu'il a trouvé quelques meubles et un logement très clair, rue de Vaugirard, à deux pas du jardin du Luxembourg et du théâtre de l'Odéon. Comme il ajoute, mais sans le moindre enthousiasme, qu'il a aussi trouvé une situation, je le questionne.

« Dans les assurances? »

« Non, chez ton grand-père. »

« Rue Monge? »

J'étais stupéfait, cela fit rire mon père, mais d'un rire plutôt désabusé.

« Non, pas rue Monge, mais 175, boulevard Saint-Germain où ton grand-père est, si tu l'as oublié, ce que je comprends fort bien, président de l'Office central des Pauvres de Paris. »

« Qu'est-ce que tu feras comme travail? »

« J'irai visiter les pauvres pour savoir s'ils méritent qu'on leur vienne en aide. »

Rue de Vaugirard, près de l'Odéon.

C'est tout en haut, le logement, bien plus petit qu'à Neuilly mais, tout de même, surtout qu'il y a deux pièces, un peu plus grand que la chambre de Toulon.

Et aussi une petite cuisine, mais l'eau et le reste, c'est sur l'escalier; là on rencontre tout le temps les voisins, comme ça on sait qui c'est.

Il y a l'escalier Louis XIII, encore en bon état, et avec tellement de marches qu'on dirait un toboggan.

Papa dit qu'autrefois on pouvait le gravir à cheval. Moi, je peux le descendre en courant.

Nos fenêtres donnent sur le ciel, l'une d'elles sur la cour de l'école où l'on m'inscrit un peu trop vite : à peine le temps d'explorer le quartier.

L'école.

Je suis nouveau et en retard par-dessus le marché.

Tous les autres sont entrés depuis le 1er octobre, on est déjà le 1er février et, dans trois jours, c'est mon anniversaire.

« Bon présage », a dit mon père, « tu entres en même temps à l'école et dans ta septième année, et puis tu verras, c'est pas si terrible que ça. »

Non, c'est pas terrible l'école, c'est pas Ancenis ni Mettray, mais c'est pas nouveau non plus. C'est comme les copains m'ont raconté : on est assis toute la journée, on n'a pas le droit de bouger, on guette les heures et on les écoute sonner.

Tout à fait comme les problèmes qu'on me posera un peu plus tard, à la leçon d'arithmétique :

« Un élève entre en classe à 8 h 30, en sort à 11 h 30, revient à 1 heure et s'en va à 4 heures. Combien de minutes s'est-il ennuyé ? »

On peut soustraire les chansons des rues, la pluie et la grêle, ou les cris du vitrier, les flèches de papier, le carbure dans les encriers et même, bien souvent, la bonne humeur du maître, ça fait tout de même un bon petit bout de temps, les mains sur la table ou les bras croisés. Alors j'attendais, j'attendais à 4 heures, j'attendais le jardin : le Luxembourg.

Le Luxembourg.

C'est là où, pendant des années, je devais passer mes vacances avant d'aller plus loin, avant d'entreprendre, avec les copains, sur le tampon des trams ou au cul des camions, les grands voyages à Billancourt, à la Vache Noire ou à Issy-les-Moulineaux, le tour du monde de Paris, du quai de Bercy au Point-du-Jour.

Le Luxembourg, pour moi, c'était tout de même plus grand que le Bois puisque je pouvais aller m'y promener tout seul, mais l'herbe, sauf les pigeons et les jardiniers, personne n'avait le droit d'y poser les pieds. Cela devait appartenir à quelqu'un puisque les gardiens la gardaient, cette herbe. On aurait dit les mêmes qu'au musée de Cluny qui gardent les armures, les vieilles pièces de monnaie, les lits à baldaquin et, dans une vitrine, avec son cadenas et sa clé, la ceinture de fer qu'on appelait « ceinture de chasteté ».

Oui, cette herbe devait être bien précieuse comme les palmiers qu'on venait chercher en voiture aux approches de l'hiver et que les jardiniers enfermaient dans un grand hangar de pierre tout à côté du musée du Jardin où il y avait un tableau et des statues.

Un peu avant que la nuit tombe, les gardes jouaient du clairon ou du tambour pour dire qu'il fallait s'en aller. Revenait alors la phrase : « J'ai beau savoir que ce n'est pas grand-chose... »

Ça me faisait mal et me donnait envie de pleurer.

Ce clairon, ce tambour, nous poursuivaient, nous menaçaient en répétant sans cesse : fini de jouer, il faut s'en aller. Et jamais rien dans cette musique pour nous rappeler que demain tout recommencerait.

Ils n'y avaient peut-être pas pensé.

Heureusement, le lendemain, comme chaque jour, les grilles s'ouvraient et le jardin, comme la veille, nous dévoilait ses coins les plus secrets.

Le jeudi, j'accompagnais souvent papa qui « allait faire ses enquêtes » et c'étaient d'autres randonnées : on allait voir les pauvres que mon grand-père évoquait tous les dimanches avec une condescendante commisération.

55

C'est grand, Paris, c'est plein de petites villes qui sont découpées en quartiers avec des rues qui ne ressemblent pas à celles de tout à côté ou qui se ressemblent tellement qu'on croirait que c'est la même. On va très vite partout avec le métro, le tramway ou l'autobus. Il y a aussi le chemin de fer de ceinture avec un wagon-bar où mon père souvent oublie sa station.

On allait partout, on entrait partout comme à la fête, mais une grande fête triste, sans musique et qui n'en finissait jamais : Maisons-Alfort ou Alfortville, les Gobelins, la Chapelle, Ménilmontant, le Pré-Saint-Gervais... Bagnolet ou la Goutte-d'Or, mais c'était toujours les rues des plus pauvres quartiers qui avaient les plus jolis noms : la rue de la Chine, la rue du Chat-qui-Pêche, la rue aux Ours, la rue du Soleil, la rue du Roi-Doré, sans oublier la rue de Nantes et la rue des Fillettes, et tant d'autres encore. C'était sûrement les pauvres qui les avaient trouvés, ces noms, pour embellir les choses.

Des fois, je restais dehors et même un jour, dans la rue des Alouettes, un gros chien m'a mordu les fesses. Ça, avec le jour où un grand bélier, à Ville-d'Avray, m'a fichu dans un étang, c'est pas un souvenir heureux. Mais, quand parfois j'accompagnais mon père, ce n'était pas très agréable non plus et, à côté, nos deux pièces à Paris me semblaient un palais.

Pourtant, il y avait quand même des fleurs à la fenêtre, des portraits aux murs, des chats, des oiseaux. Une fois j'en vis un qui chantait dans sa cage en regardant un bébé malade qui remuait, en l'écoutant, une tête bien trop grosse pour lui, mais il avait l'air content, c'était sûrement pour lui que l'oiseau chantait.

Et dans la rue en pente, les gosses du quartier, tout joyeux, roulaient à toute vitesse sur des chariots qu'ils avaient eux-mêmes fabriqués.

Les quartiers n'étaient jamais pareils, même si les pauvres se ressemblaient.

Aux Buttes-Chaumont, il y avait un jardin plus sauvage que le Luxembourg, à la Villette un canal et puis des ponts et des écluses, aux Gobelins, une petite rivière, comme à la campagne, la Bièvre, dont mon père m'avait souvent parlé. C'était très joli, mais ça sentait, surtout quand il faisait chaud, très mauvais, comme la voiture de fer de l'équarrisseur, qui passait le matin dans ma rue. C'était l'odeur des tanneries, l'odeur des bêtes écorchées.

Aux Gobelins, il y avait aussi un café où on s'arrêtait parce qu'en buvant un verre, on pouvait voir le cinéma. On ne voyait pas grand-chose parce que c'était, paraît-il, de très vieux films.

Ce n'était pas comme au cinéma du Panthéon, où on allait toutes les semaines tous ensemble, puisqu'on emmenait Pierrot : qui l'aurait gardé !

Là, les films étaient tous nouveaux. En entrant, on prenait un programme où tout était marqué : le nom des films et, en dessous, s'ils étaient comiques ou dramatiques. Pour les films comiques, une inscription était presque toujours la même : « Rire inextinguible » ou « Désopilant et hilarant », que ce soit Gribouille, Nick Winter ou Rigadin.

Pour les autres, c'était « Comédie légère » ou « Drames angoissants ». Ça changeait toutes les semaines : après ZIGOMAR, ZA LA MORT, LE VAUTOUR DE LA SIERRA ou LES PILLEURS DE TRAINS.

Derrière l'écran, il y avait un homme qui faisait tous les bruits avec un petit attirail qui n'avait l'air de rien : des grelots, des papiers de verre, un sifflet, un revolver, des marteaux ; et c'était l'orage, le vent et la mer ou le chant des oiseaux. Tout cela marchait en même temps que le piano. Le dimanche, quand c'était un film du Far West, un acteur, habillé en cow-boy, racontait le film en balançant son lasso. Une fois, pendant LE MASSACRE, un film terrible où les Indiens tuaient tous les soldats réfugiés derrière leurs chariots, la musique, le bruit, les coups de feu, ça faisait un tel vacarme que les spectateurs mécontents hurlaient qu'ils ne voyaient plus rien. « Bison film », c'était la marque de celui-là sur les affiches, dans la rue. D'autres fois, c'était « Triangle film » et il y avait un triangle à la place du bison.

Quand le film se passait à Paris, quelquefois on reconnaissait l'endroit où il avait été « pris ». Quand il y avait des histoires d'apaches, pas les Peaux-Rouges, mais les bandits des mauvais quartiers de Paris, ça se passait dans la Zone, où mon père m'emmenait souvent et qui était pourtant calme et tranquille : des soldats en bourgeron blanc faisaient l'exercice et, comme au Luxembourg, on entendait le clairon triste. Mais il y avait autour des baraques en planches, des petits jardins pleins de grands soleils jaunes qui dansaient dans le vent, une petite fille en tablier rouge avec un arrosoir vert, et des roulottes de toutes les couleurs comme le linge qui séchait autour. C'était là qu'habitaient les rétameurs, les rempailleurs de chaises, les rafistoleurs de porcelaine. Ils avaient tout plein d'enfants et leurs femmes portaient de belles robes de bal pour dire la bonne aventure.

« Ils ont de la chance, les Romanichels, toujours

en voyage, même quand ils restent là », disait mon père.

« Tu ne vas jamais les visiter ? »

« Si, quelquefois, mais seulement pour leur dire bonjour. Eux, c'est leur métier de demander l'aumône, et ils l'exercent directement, de la main à la main, ils ne mettent pas d'annonce dans le journal pour demander des chaises à rempailler. »

Il me montrait aussi les chiffonniers : pour eux, c'était pareil ! Des gens qui se débrouillaient.

Ils me plaisaient, mais ceux que j'aimais beaucoup rencontrer, un peu partout dans Paris, c'était les égoutiers. Ils avaient un travail mystérieux et dur et je les trouvais beaux quand ils marchaient tout droits, avec leurs grandes bottes noires, comme des seigneurs. Une fois, j'en rencontrai trois, un gros, un maigre, un moyen et c'étaient, tout à fait aussi souriants et aussi fiers, les trois mousquetaires. Je regardais les charbonniers qui, de leur péniche, plongeaient tout noirs dans la Seine et ressortaient, en riant et tout blancs, sauf les yeux. On aurait dit qu'ils étaient masqués, il y en avait un qui s'appelait Petit Velours et ça lui allait très bien. Plongeaient aussi les débardeurs, tatoués de bleu comme les marins : « Leur vie, c'est un roman », disait papa, « et les tatouages, c'est les images. » Mais il ajoutait, en sortant de sa poche un calepin et des papiers : « C'est bien beau tout ça, mais j'ai hélas autre chose à faire », et on retournait visiter les pauvres. Et puis, je retrouvais le Luxembourg et quand il fermait, on restait à jouer dans ma rue où j'avais beaucoup d'amis et quand il faisait très chaud, on s'asseyait sur les marches et on lisait.

En face de l'école, il y avait un bouquiniste où on trouvait des tas de choses : RIFLES D'OR, MORGAN

59

LE PIRATE, NAT PINKERTON, TEXAS JACK et surtout SITTING BULL que j'aimais beaucoup parce qu'il était Indien et que les Indiens, comme les Boers, c'était eux qui étaient dans leur droit, comme les Noirs de LA CASE DE L'ONCLE TOM.

Il y avait aussi la « Vie d'Aventures », une collection merveilleuse : l'un des fascicules s'appelait MONSIEUR RIEN. C'était l'histoire d'un homme invisible qui voulait tuer l'empereur de Russie. A la fin, il n'y arrivait pas. « Dommage », disait papa qui lisait souvent mes livres, comme moi je lisais les siens.

Il était pour les nihilistes, parce que les boyards russes avaient des esclaves qu'on appelait les « serfs » et il m'emmena un jour à l'Odéon pour aller voir ça, dans une pièce qui s'appelait LES DANICHEFF.

A l'Odéon, je vis aussi une pièce bien plus terrible encore : LA PUISSANCE DES TÉNÈBRES : les acteurs étaient tous enroulés dans des couvertures sur un grand poêle où l'on montait par un escalier. Quelqu'un avait tué un enfant et disait qu'il entendait encore, qu'il entendrait toujours « ... ses petits os qui craquaient... ».

Paraissait aussi LA GUERRE INFERNALE, un roman de Robida, avec des images encore plus compliquées que celles de Jules Verne : un tas de nouvelles machines pour se tuer, ou plutôt pour expliquer comment, bientôt, on se tuerait plus tard.

On pouvait voir aussi, dans la rue, sur de grandes affiches en couleurs méchantes, des machines volantes, toutes rondes et remplies de Martiens avec des canons.

C'était pour annoncer un feuilleton qui paraissait dans LE MATIN et qui s'appelait LA ROUE FULGURANTE.

La boutique du bouquiniste était tout à côté d'un petit hôtel où descendaient beaucoup d'étrangers et, au quartier Latin, c'en était plein. Comme je fouillais à l'étalage, un jour je vis arriver des Américains : une petite fille, un petit garçon, avec leurs parents. Ils n'étaient pas habillés comme dans les films du Far West mais leur père, qui était artiste peintre, était coiffé d'un véritable chapeau cow-boy, un Stetson, la marque était dedans.

Ils restèrent fort peu de temps mais, tout de suite, on était devenu de grands amis.

Aujourd'hui, ils sont loin, les « Américains » et leurs parents, sans aucun doute, beaucoup plus loin encore. Mais je peux m'arrêter dans cette rue, ils sont toujours là dans l'aujourd'hui de ce temps-là, et chantent, et rient, disent au revoir et bonjour, à demain, et toujours en américain, avec la même couleur, la même fraîcheur et la même ardeur. Et les chaises qu'on traînait par terre, dans les allées du Luxembourg, les déserts de l'Arizona, je pourrais encore suivre leur trace comme on retrouve un air sur un vieux disque aux sillons effacés.

Un soir, la pluie commençait à tomber ; je venais de quitter mes amis et, assis sur le trottoir malgré cette pluie, j'avais envie de pleurer.

Elle n'y était pour rien la pluie, mais je n'étais pas content de ma journée, je trouvais que la petite fille c'était une petite fille pour jouer, pour rire, mais pas, comme souvent je rêvais, une petite fille à aimer. Comme le garçon était plus joli qu'elle, ça me gênait.

De temps à autre, cela m'arrivait déjà de réfléchir, de causer avec moi, quand j'étais tout seul et par la suite, en grandissant, cela devint de plus en plus fréquent et quelquefois c'était très drôle, mais rarement.

Beaucoup plus tard, j'avais dix ans, onze ans peut-être, avec un billet de quai, j'entrai dans les splendides souterrains de suie de la gare d'Orsay, ces souterrains qui menaient en Bretagne, unique pays qui m'attirait.

La musique du départ était belle avec le charbon, les sifflets, la ferraille, mais je ne rêvais pas de partir tout seul ; j'aurais voulu emmener avec moi ceux que j'aimais et avec qui j'étais parti la première fois.

La même chose, la même nouveauté, retrouver, revenir et que rien n'ait changé, ni les plantes rares sur le sable, ni le vent, ni les premières algues, ni la marée.

La première fois la mer, la première fois l'été salé et ce petit crabe, captif sous un verre sur la table du Casino du désert de La Baule, ce petit crabe que j'avais délivré et que jamais je n'oublierai.

J'étais assis sur un banc vert avec marqué « Allez Frères ». Il était je ne sais plus quelle heure, mais c'était l'heure de l'école où, ce jour-là comme tant d'autres, je n'étais pas allé.

Le train partait.

Le dernier des voyageurs arrivait en courant avec des gestes essoufflés, une valise au bout d'un bras, et qui gesticulait. Et voilà déjà le train un peu loin, comme un gibier manqué, et l'homme reste là, avec sa valise tremblante, sur le quai. J'aurais dû l'aider, j'aurais dû courir avec lui, lui porter sa valise, rattraper l'heure, le temps, la lumière rouge disparue, l'espoir en allé. J'avais les larmes aux yeux. Et puis, l'homme passa devant moi. Je le regardai. Et soudain, le plus simplement, le plus terriblement du monde, je compris — si comprendre veut dire ce qu'il veut dire — je compris qu'avec le train quelque chose de moi avait été emporté.

Cet homme, dans le fond, comme aurait dit mon père, je m'en fichais pas mal, mais ça m'embêtait, c'était pas simple. Je me parlais comme on se parle d'homme à homme, de petit garçon à petit garçon.

Je me questionnais, nous nous questionnions, nous nous répondions.

« Qu'est-ce que tu avais à faire avec ce type-là, tu ne sais même pas qui c'est. Il a raté son train mais il ne courait pas tellement vite et peut-être que ça l'arrangeait, il n'y a pas de quoi pleurer. » Et revenait, par dérision, une phrase marrante entendue en faisant la queue au Mont-de-Piété : « On ne prête plus sur le chagrin, le bureau des pleurs est fermé. »

Et je rentrai. Avais-je appris sans le savoir l' « indifférence » à qui si souvent, je devais avoir recours plus tard.

Mais la rue était pareille, la rue du Vieux-Colombier ou peut-être encore la rue de Tournon, quand je rentrai à la maison, et la maison semblable à la rue, avec le concierge, et puis les étages, mon père, ma mère, mes frères, les chats, l'oiseau, le vin sur la table, le couvert mis pour pas grand-chose. Ils ne demandèrent pas ce que j'avais, d'où je venais.

C'étaient les « miens ». Ils me savaient triste et ne cherchaient qu'à me changer les idées.

Je les regardais, je les aimais. Ils m'aimaient et me regardaient. Enfin, on se regardait.

Ce jour-là, je les aimais peut-être davantage, mais j'étais dans un autre paysage.

1972 : à suivre.

J'AI TOUJOURS ÉTÉ
INTACT DE DIEU...

J'ai toujours été intact de Dieu et c'est en pure perte que ses émissaires, ses commissaires, ses prêtres, ses directeurs de conscience, ses ingénieurs des âmes, ses maîtres à penser se sont évertués à me sauver.

Même tout petit, j'étais déjà assez grand pour me sauver moi-même dès que je les voyais arriver.

Je savais où m'enfuir : les rues, et quand parfois ils parvenaient à me rejoindre, je n'avais même pas besoin de secouer la tête, il me suffisait de les regarder pour dire non.

Parfois, pourtant, je leur répondais : « C'est pas vrai ! »

Et je m'en allais, là où ça me plaisait, là où il faisait beau même quand il pleuvait, et quand de temps à autre revenaient avec leurs trousseaux de mots clés, leurs cadenas d'idées, les explicateurs de l'inexplicable, les réfutateurs de l'irréfutable, les

négateurs de l'indéniable, je souriais et répétais :
« C'est pas vrai ! » et « C'est vrai que c'est pas vrai ! »

Et comme ils me foutaient zéro pour leurs menteries millénaires, je leur donnais en mille mes vérités
premières.

SAIT-ON JAMAIS?

Eux disent savoir toujours
Ils disent la terre la lune le cosmos l'infini le bien le
      mal et les origines de la vie
Ils disent tout comme si de rien n'était
mais quand l'appréhension de l'incompréhension les
      prend
ils prennent peur
et cette peur renverse la vapeur de leurs idées
Alors ils s'arrêtent à la première gare
à la première station standard
Et c'est toujours le même horaire la même horreur
      celle du vide
Alors ils font leur plein d'essence divine
démarrent à nouveau
et s'en vont de plus en plus vite
pour arriver de moins en moins loin.

MALGRÉ MOI...

Embauché malgré moi dans l'usine à idées
j'ai refusé de pointer
Mobilisé de même dans l'armée des idées
j'ai déserté
Je n'ai jamais compris grand-chose
Il n'y a jamais grand-chose
ni petite chose
Il y a autre chose.

Autre chose
c'est ce que j'aime qui me plaît
et que je fais.

PAYS DE CONNAISSANCE

J'ai connu des chats des chiens des gens des enfants
des enfants chats et enfants femmes des femmes
    enfants.
aussi des hommes
J'ai connu des dauphins
en allant à Ouessant
à bord de l'Enez-Eussa
ils l'accompagnaient en dansant
C'était peut-être des marsouins ou des bélugas
peu importe
c'étaient des êtres charmants
De la main je leur ai dit amitié et ce n'est pas façon de
    parler
Plus tard
chez l'Ours
j'ai connu un oiseau inconnu
un tapissier yougoslave l'avait trouvé dans la cité
Il n'était pas multicolore ni noir cravaté blanc comme
    merle de Java
Il était gris ordinaire et il parlait lui aussi à sa
    manière
ce qu'il disait était si tendre si joli
puis porte ouverte il est parti

J'ai connu un âne
j'ai connu un arbre
je leur ai parlé
J'ai connu l'égout qui me regardait
nous avons causé
J'ai connu l'amour
l'amour que j'aimais
J'ai connu la mort
je l'ai rencontrée
C'était pas la mienne
mais c'était la même à peu d'années près

A L'IMPROVISTE

Moi aussi je suis le fils de l'homme
quand je suis né ma mère n'était pas là
Où était-elle?
Au marché peut-être ou chez les voisins
pour leur emprunter du pain et du vin
En son absence mon père a fait l'impossible
pour faire le nécessaire
et il a paraît-il beaucoup souffert
Mais qu'est-ce que ça peut faire
Tant de gens avant lui et depuis ont souffert sous
    Ponce Pilate Napoléon Bonaparte César Borgia
    Salazar Franco Staline Luther ou Adolf Hitler.

NATALITÉ

La tête en bas
Nathalie hurle
un médecin la tient par un pied

Nathalie hurle à la vie
elle est contre
et compte à rebours
ses secondes premières
ses premières secondes

Nathalie hurle
Ça commence !

Si ce n'était que cela

Nouvelle-née
horrifiée
ce petit être hurle peut-être
Ça recommence !

LES DOUZE DEMEURES
DES HEURES DE LA NUIT

(Seconde naissance d'Osiris)

Mots polaires découverts par n'importe qui et la vraie
    langue du soleil qui vient vous lécher à minuit.
Dans ces demeures allumées la porte ouverte aux
    demeurés et le langage populaire méprisé pour
    toutes ses merveilles déliées et délivrées.
La langue tout le temps nouvelle-née.
Le vert bavoir du verbe avoir et tous les langes du
    faux savoir en une nuit-lumière arrachés.
La langue enfant sauvage et vraie.
L'ignorance savante et troublante qui dit d'un
    homme surraisonné hurlant en plein jour tous
    les jours les trois fois quatre douze vérités des
    deux fois six douze demeures de la nuit illu-
    minée :
il a une araignée dans le plafond !
Sans savoir du grec Arakné
sans avoir pu voir la dure pie
la dure mère
geôlières des cellules à idées de la boîte aux rêves
    cadenassée.

DES HOMMES

Les hommes
dit l'homme
Ils vont fort et moi avec
et pourtant tellement faiblards les hommes
Voyez celui-là
il ouvre une fenêtre
il se penche
il referme la fenêtre
il voulait se jeter
il ne se jette pas
Et cet autre qui referme une malle
il y a quelque chose dans cette malle
ou plutôt quelqu'un qui était vivant
Et celui-là qui traverse une rue une femme à son bras
regardez-le
regardez-la
voyez cette voiture vite
L'accident a eu lieu les cris sont poussés la voiture
      passait
la femme vole un instant et retombe
saignante ouverte déshabillée cassée
Regardez l'homme
il est figé

indifférent il est
il n'en croit pas ses yeux
il s'est enfui ailleurs
réfugié
Quelques secondes d'indifférence totale
quelques secondes de vacances avant la réalisation de
    stocks du malheur
Puis revenant à lui il en revient à elle
et il crie il pleure hurle après le docteur et supplie le
    Seigneur
et berce sa douleur
Sa compagne baigne dans son sang
et il se dit
Que vais-je devenir maintenant

Mais sa douleur le berce à son tour et lui dit
Ne me fais pas plus forte que je suis
et elle ajoute tout doucement
Entre nous l'aimais-tu tellement ?

ET TA SŒUR?

C'est la beauté,
dit la détresse,

La volupté,
dit la douleur,

La cruauté,
dit la tendresse,

L'indifférence,
dit le désespoir.

La mort,
dit le malheur.

Ma sœur,
c'est l'amour,
dit l'heur
le bon heur

HOMMAGE AU LIT

Jamais il n'est dit
dans leurs litanies
et jamais n'est lu
dans leurs homélies
Toujours la Sainte-Table
toujours le Saint-Siège
jamais le saint-lit
dans l'immobilier
de leur liturgie

O ma jolie
c'est la magie du lit
et grâce à elle
l'amour l'échappe belle.

ALLEZ VOUS Y RECONNAITRE !

Le temps immédiat
la glace rompue
le miroir intact
la mémoire rafraîchie
mais le rêve renvoyé

Qui lui a donné son congé

Le temps immédiat
est-ce présent espacé
avenir instantané

Allez vous y retrouver
allez vous y reconnaître
vos belles amies
vos belles années.

RÊVE RETROUVÉ

Je rêvais que j'étais bouteille vide, flottant au fil de l'eau et respirant par le goulot.

Une barque survint avec de joyeux canotiers.

L'un d'eux, facétieux, tapait sur la « bouteille » pour qu'elle s'emplisse d'eau, s'enfonce et disparaisse.

J'étouffais.

Me réveillant, je me levai, cherchai du regard une bouteille vide, la trouvai et la regardai attentivement.

Essai d'explication : la veille de ce rêve et un beau matin je nageais dans la Marne, au Perreux et, les pieds pris dans les herbes, j'avais bu la tasse, je suffoquais.

Comme j'allais assez péniblement regagner l'autre rive, de joyeux bambocheurs, dans un canot, — sans doute les mêmes — m'aperçurent et l'un d'eux, histoire de rire, m'assena un innocent et brutal coup de rame sur la tête.

Je suffoquais.

Et c'est un petit peu noyé qu'on me ramena à bon port.

(1916)

FRONTIÈRES

— Votre nom?
— Nancy.
— D'où venez-vous?
— Caroline.
— Où allez-vous?
— Florence.
— Passez.

— Votre nom?
— On m'appelle Rose de Picardie, Blanche de
Castille, Violette de Parme ou Bleue de Méthylène.
— Vous êtes mariée?
— Oui.
— Avec qui?
— Avec Jaune d'Œuf.
— Passez.

ÉCRITURES SAINTES

(Suite)

Dieu est aussi le maire d'un grand village
et quand c'est le jour de sa fête
cela s'appelle la Fête-Dieu

Sur la grand-place un grand mât est dressé
c'est le mât de Cocagne du bien et du mal
et les villageois grimpent
mais il arrive souvent que le maire ne se rappelle pas
      très bien ce qu'il a accroché là-haut
il n'a plus sa mémoire des anciens temps

Il y en a qui sont montés avec une jolie tête d'enfant
et qui redescendent avec une grosse tête de serpent à
      lunettes
une tête de pierre tombale
une tête de savant méchant
Et celui qui n'aime pas les œufs redescend avec un
      coquetier
D'autres qui étaient montés avec le sourire
redescendent en faisant la grimace
la sainte ampoule aux mains
Des aviateurs redescendent en flammes

et des libres penseurs en soutane

Et le Diable joue du tam-tam et Dieu est tout à fait fâché

Avec cette percussion du diable

on n'entend plus les célestes trompettes de sa Renommée

Dieu est aussi le grand manitou des fleuves des bois et des mers des lacs des terrains vagues et des jardins publics

Le diable est un grand poulpe qui attrape les pêcheurs par le fond de la culotte et par les sentiments

Et il les jette la face contre la terre dans le fond de la mer aux pieds du Directeur

Le Directeur en pardonne la moitié au hasard et renvoie l'autre moitié au diable et la condamne à vivre dans un malheur glorieux

puis remonte au bord des eaux avec sa grosse pipe en terre sainte et son grand chapeau de paille et de poutre

et il pêche à la ligne tout ce qui lui tombe sous l'hameçon

Quand c'est du poisson il jubile mais quand c'est une vieille paire de chaussures il se met en colère

et il envoie séance tenante une épouvantable épidémie de furoncles de clous et un déluge de poix chez tous les cordonniers des quatre ou cinq parties du monde qui n'en peuvent mais

On va voir vraiment si le cordonnier est maître chez soi ou si c'est moi qui commande nom de...

Nom de quoi? demande le diable d'un air innocent

Mais Dieu redevient astre et se réfugie dans le vent

Dieu est aussi grand ordonnateur des pompes funèbres

Faut que ça roule
dit-il
quand il voit les corbillards passer
Si ça ne roulait pas si ça s'arrêtait
vous parlez d'un embouteillage
depuis le Moyen Age et avant même
jusqu'au jugement dernier

Alors ça roule et c'est lui qui fait rouler

Souvent le diable est assis sur le siège
avec une bonne tête de cocher
il galope toujours trop vite
et tous les gens de la famille ont des points de côté

Des fois aussi il les laisse tomber tout à fait
et il s'en va très loin avec le décédé
très loin jusque dans les montagnes de Cachemire
et là il cache le mort
et la famille doit casser sa tirelire
pour savoir où il est caché
et pour le ramener de là-bas
dans un cercueil plombé

Dieu est la petite aiguille de la pendule
le diable c'est la grande
et elle tourne la petite aiguille
pour que la grande aille plus vite
mais la grande aiguille s'en fout
elle s'arrête de temps en temps
et s'aligne sur la clebs-hydre
l'horloge des chiens

Dieu est aussi une grosse pierre qui roule sur elle-
    même sans se faire de mousse

Quand Dieu est une grosse pierre comme ça
le diable est une petite pierre à briquet comme ci
Et il se cache dans les reins de Dieu
et il lui fait pisser le sang
Mais bien qu'il ait beaucoup à souffrir
Dieu est tout de même assez fier
parce que sa vessie est pleine de lumière

Dieu est aussi un grand fauteuil
les escabeaux sont ses fidèles
Il trône au rayon des meubles
et dans les sous-sols du Grand Uniprix du Ciel
les escabeaux les petits bancs et les chaisières
avec leurs grands troupeaux de chaises attendent
le miracle tant de fois prédit
Le jour où le grand fauteuil réussira à s'asseoir sur
        lui-même
à la grande confusion des méchants

Ce grand jour-là
les meubles seront jugés sévèrement
surtout les lits et les divans

Dieu est aussi quelquefois un vieux clochard
qui couche sous les ponts
et les étoiles se moquent de lui la nuit
Et il pleure sur sa misère
sur ses gros et petits ennuis
Alors il tire le diable par la queue
et le diable gueule comme un âne
et ses cris bercent la misère
et le sommeil de Dieu
Il rêve qu'il va et vient comme au beau vieux temps
quand il était encore le gros directeur du Tout-
        Venant

Autodidacte Dieu est néanmoins grand polygraphe
     et non moins grand autobiographe
Se proclamant auteur du Monde
un grand ouvrage
il prétend s'en réserver tous les droits
Mais sous la table des matières
Diable se cache et la fait tourner à l'envers.

CARMINA BURANA

Pour Carl Orff

La musique voyage
comme la peinture les cigognes
    les émigrants
comme les nouvelles des journaux
    arrachés aux passants
    par le vent
et qui s'en vont vieillir
    instantanément
    dans les poubelles du temps
du temps qui voyage
    emporté par le vent
le vent qui voyage
    déporté par le temps

Carmina Burana

La musique voyage
s'en va
revient
La musique c'est le soleil du silence

85

qui jamais ne se tait tout à fait
du silence qui chante
    ou grince en images
dans l'aimoir
    ou la mémoire des gens

Carmina Burana

Mais parfois la musique reste là
    inécoutée
    déjouée
alors s'en va très vite
    mais revient de loin tout doucement
    carminée
    burinée
et ceux qui faisaient la petite bouche
il n'y a pas si loin longtemps
font la grande oreille maintenant

Carmina Burana

Sac
ressac
La musique comme la mer
ne se soucie guère
du calendrier des concerts
    ou des marées
les ouïes des poissons
    se mêlent aux ouïes des violons
Et le cuivre le bois le nickel
la peau d'âne ou le crin de cheval
s'entendent comme larrons en foire

Carmina Burana

Chansons à boire
    à rire et à pleurer

Vacarmina Buravina

La musique est enfermée
    dans une caisse
Ils tapent de toutes leurs forces et sans cesse
et elle sort libérée
presque tout à fait gaie
Dès maintenant c'est encore autrefois
    ou ailleurs
C'est en même temps la musique d'aujourd'hui
    de partout comme de par ici
Percussion
bifurcation
voix du chœur muées soudain en voix de tête
    sous la baguette de l'aiguilleur

Carmina Burana

Fête
C'est l'abbaye Benediktbeuren
ouvrant ses portes à la joie de Harlem

Carmina Burana

C'est du latin cockney de White Chapel
    ou de Piccadilly
Du javanais de l'arloguem du louchebem
    de la Chapelle dans le dix-huitième à Paris

Sang dessus
sang dessous
gens de tout acabit

/   87

en latin turbulent
en allemand monastique
chantent la joie de boire
la bière de Bavière
et le vin de Bacchus dans les vignes du Seigneur

Carmina Burana

Un ivrogne a roulé sous la table
l'orchestre de sa tête
s'est arrêté tout net

Carmina Burana

Tempo de tous les temps
Frontières effacées sur les atlas des sons
sur les cartes à jouer les plus vieilles chansons
Musique à deux trois quatre
ou douze et autres temps
Musique à hautes et intelligibles voix
mais hors des quatre dimensions des casiers à
    musique
Musique a cappella
hors de toutes les chapelles
Musique jamais sévère
mais toujours grave et belle

Carmina Burana

Nom des sons
Sons des noms
Un diable rouge
mais fort instruit
très cultivé
soudain sort de la boîte à savoir

88

du mélomane mal à l'aise
qui ne sait plus où il en est
avec cette musique hors de sa portée
Voix d'autres pays
voix d'autres siècles
oubliées dispersées
retrouvées réunies

Carmina Burana

Chœurs de voix rêveuses heureuses amoureuses
Chœurs de l'amour courtois
et un beau jour ravi
volé le lendemain
légiféré dénaturé montré du doigt

Carmina Burana

Mais l'amour de la musique
mène toujours à la musique de l'amour
et quand la musique est celle du malheur
si grande si belle soit-elle
en sourdine on entend toujours
au grand air
le grand air de l'amour

Carmina Burana

Le malheur frappe trois coups
les portes des prisons des palais et des temples
les rideaux d'opéra comme ceux de tragédie
s'ouvrent grands devant lui
Mais il tient toujours le même rôle
c'est toujours le vieil enfant de la mort
applaudi avec frénésie

et jamais la fausse barbe de Faust
ne le vieillit ni ne le rajeunit

Carmina Burana

La porte se ferme et le rideau retombe
la musique se tait
et la lumière aussi
Alors au petit bonheur
chacun rentre chez lui

Carmina Burana

Le bonheur lui
n'a aucun rôle à jouer dans l'histoire de la vie
Comme un enfant moqué meurtri mais ébloui
sûr de lui comme de sa bonne étoile
malgré tout il chante et sourit

Carmina Burana

« Si tu veux être heureux sois-le ! »
dit un vieux proverbe chinois

Carmina Burana

Ce vieux proverbe
parfois la musique l'entend
et le dit et le joue et le chante
merveilleusement
simplement.

GRAFFITI

(Suite)

La Beauté s'appelle plurielle.

★

Le mouvement perpétuel dit mouvement des marées aide aussi bien le nageur à gagner la rive qu'à se noyer.

★

Les usagers de la vie sont surpris en découvrant, « un beau jour », les messagers de leur mort. Pour eux c'était toujours les autres qui mourraient ; alors dans l'immédiat, ils ne se sentaient pas comme on dit aujourd'hui, « concernés ».

★

L'égaré demande son chemin, l'affolé demande l'heure, la minute ou l'année, le mendiant l'aumône, le condamné grâce.

Certains ne demandent rien.

★

Un homme à la mer, une femme à l'amour.

(La Veuve du Capitaine.)

★

Aucun blasphème ne blesse femme
Au contraire
il les vénère et les libère.

★

Nul n'est insensé qui ignore la loi.

★

Quand j'accueille Lucifer à cheval, j'invite toujours Lucifer à repasser.

(Le Forgeron de la Cour-Dieu.)

★

Enfin, tant bien que mal nous vivons, Dieu merci !
Dieu : « Il n'y a pas de quoi. »

★

Il y a des gens qui s'amusent d'un rien, faites comme eux, amusez-vous de Dieu.

(Merdezuth.)

★

Satan est l'âme damnée de Dieu.

(Korrigan de Crozon.)

★

« Ces choses-là n'arrivent qu'à moi ! » dit l'homme à qui il n'arrive jamais rien.

★

Les technocrates de l'avenir seront sans doute les cancres de la vie.

★

Quand vous citez un texte con, si c'est indispensable, n'oubliez pas le contexte.

★

Laissez venir à moi les petits enfants.

(Evangile de Rais.)

★

Un beau jour, j'ai pu payer des droits d'auteur aux auteurs de mes jours.

★

Une foi est coutume.

★

Le premier jour, Dieu n'a pas fermé l'œil de la nuit et de cette insomnie la lune encore en rit.

★

Il n'y a pas cinq ou six merveilles dans le monde, mais une seule : l'amour.

★

L'homme n'est venu qu'à son ère, il retarde.

★

... mais il y a des épines sans rose.

(J.-C.)

★

Néant + néanmoins.

★

Quand les éboueurs font grève, les orduriers sont indignés.

★

L'enfant qui verse, histoire de rire, son encrier dans un bénitier est plus drôle et plus vrai que Luther qui disait avoir jeté le sien à la tête du diable.

★

Il n'y a pas de fauves chauves, mais les humains atteints de chauvinisme portent perruque de lion.

★

A les entendre, le mal serait bel et bien laid.

★

Du pouvoir des mots sur le mouvoir des peaux.

★

Un et nu c'est même
et nu et nue comme un et un
font deux
font un quand ils s'aiment.

★

L'architecture d'aujourd'hui n'a pas de fleur à sa bétonnière.

★

Les sosies sont innombrables mais n'ont aucun signe de reconnaissance.

★

Confiant en sa bonne étoile, un berger, en attendant le grand sommeil compte les moutons de la mer.

★

Malgré l'horreur journalière audio-visuelle ou imprimée, ils ne peuvent escamoter la beauté.
On dirait que tout cela est trop laid pour être vrai.

97

★

La théologie, c'est simple comme Dieu et dieux font trois.

★

Le bonheur est monstrueux.

(Saint Morose le Bienheureux.)

★

L'étoffe des héros est un tissu de mensonges.

★

Et la Fée Électricité devint chaisière de la mort.

★

L'homme dit « ma maîtresse, mes maîtresses! ». La femme ne dit pas « mon maître ».

★

Les prisons trouvent toujours des gardiens.

★

Je ne veux pas t'avoir mais, comme je t'aime, je peux t'être.

★

Le vieil homme et la mort : Hemingway n'a jamais chassé le lemming, c'était trop petit gibier pour lui.

Mais un jour où les lemmings se précipitaient dans la mer, d'un coup de feu il fit comme eux, à sa manière.

★

Rien n'est moins vierge qu'une forêt.

★

La révolution est quelquefois un rêve, la religion, toujours un cauchemar.

★

L'Histoire va vite, mais les historiens traînent.

★

Dieu a fait l'homme son et image.

(Saint Ortf.)

★

L'homme est un mammifère chevaleresque et hippophage.

★

Je ne suis pas le premier venu.

(Adam.)

★

Ce qui tombe sous le sens rebondit ailleurs.

★

Beaucoup de livres d'aujourd'hui, quand on les ouvre comme une huître, on trouve seulement des perles de culture.

★

Une chambre, peu importe si elle donne sur la mer, quand elle vous prête un lit où se donne l'amour.

★

La dernière heure de l'un
est la première d'un autre
Le mot de passe du temps
est un soupir ardent.

★

Innefabliau

Ils s'aimaient
ils riaient
ils riaient en disant Je t'aime
Ils riaient
c'étaient deux mêmes.

★

L'amour

Eternité étreinte.

(Anna Gram.)

★

Météore

Ton bien est mon mal
mon mal est ton bien
et ma pierre tombale
est dans ton jardin.

★

Sur la terre

Evident
inattendu
ni défendu ni permis
un fruit.

★

Treizième

Rue des Cinq Diamants
il n'y a pas de rivière
mais dans le ruisseau
il y a une émeraude.

TRAVAUX EN COURS

TEST

— Chevet, avez-vous lu ses livres?
— Non.
— Chevalet, connaissez-vous toute sa peinture?
— Non.
— Chambre, appréciez-vous sa musique?
— Non.

Note confidentielle :
Cette élève est un véritable souillon de culture.

VESTIGES

Dans les ruines de l'explosion universelle, des technograffiti d'une parfaite inintelligibilité seront inlassablement commentés par d'infatigables linguistes d'une indéniable autorité.

DICTIONNAIRE

Goncourt : Gens qui, « à tout prix », voulaient laisser leur nom dans les Lettres.

105

SÉPULCRYPTURE

De Charles Baudelaire à Paul Valéry et des
FLEURS DU MAL au CIMETIÈRE MARIN :

A ce sujet montrer et démontrer qu'il n'est pas
malaisé de supposer que l'un, pressentant littéraire-
ment l'autre, haïssait prémonitoirement « le mouvement (marin) qui déplace les lignes (des amants
confondus) ».

LE ROMAN SURGELÉ

Aucun personnage n'apparaît jusqu'à la page
342, mais dès la page 343, une foule de personnages
non apparus au début appadisparaissent en laissant
des traces.

Traces à suivre jusqu'à la page 612 terminant
l'ouvrage.

Mais l'inaltérable apparence de l'illusoire illisibi-
lité du livre est facile à dissiper si le lecteur ne
s'obstine pas à supposer que l'auteur tire à la ligne.

L'hameçon est au-delà, surtout quand l'auteur,
et c'est fréquent, suppose et prouve que le lecteur
peut très bien être un poisson.

Exemple : quand le lecteur est un esturgeon, le
texte en son entier est caviardé, alors le lecteur se
doit de suivre dans le noir les traces des antiprotago-
nistes de la pseudo-inaction romanesque du récit ; et
non pas de suivre ces traces imaginairement, pas à
pas, mentalement mais digitalement, afin de découvrir d'assez indiscutables empreintes permettant de
s'intégrer peu à peu dans les multiples pérégrina-

tions des non-personnages de la sombre trame du drame intégralement désintégré.

DESTRUCTURE DES STRUCTURES

... ainsi nous arriverons au livre d'un seul et unique lecteur : l'auteur.

Nul ne saura le lire que lui et il n'aura pas à le relire ni à le relier.

Le livre se reliera lui-même, en peau de chagrin ou de tourment, de toutou, de tintoin, tout aussi bien qu'en peau de vache.

Exemplaire exemplaire, unique et d'une incontestable et délectable morosité.

CE QU'IL FAUT SAVOIR

Lamartine n'est pas né à la Martinique, Napoléon n'est pas mort à Waterloo, l'Aiglon n'est pas le fils de Madame Sans-Gêne et le Père de Foucauld n'est pas le père de Foucault.

LAROUSSE POUR TOUS

Théisme (I) :   Le théisme est une doctrine indépendante de toute religion, mais qui admet l'existence du Thé ou d'un Thé unique, exerçant une action sur le monde.

Théisme (II) :   Ensemble des accidents aigus ou chroniques de la consommation d'un Dieu.

Théier :   Arbre de la science à infusion. (Ant. arbre athée.)

The deum :   Psaume théiste.

EN PETITS MORCEAUX

« En tout état de cause, on ne peut plus étudier les œuvres comme si l'inventaire de leurs formes linguistiques était impossible. Le texte est là, intégralement " démonté ", en petits morceaux, au pied de l'ordinateur... Certains crient à la profanation, ou s'esclaffent, évoquant Ubu. C'est d'eux qu'il faut rire. Car ils laissent passer la chance qui leur est donnée d'y voir un peu plus clair dans les mystères de la productivité littéraire : ce qui, du reste, soulignons-le, aurait pour condition le recours aux techniques de l'analyse dite " structurale ", précisément indispensable pour guider le critique dans le fouillis des mots. Double entorse aux habitudes. Mais l'une est complémentaire de l'autre ; et ce n'est pas un hasard si les méthodes de description synthétique des textes (ou " sémiotique ") progressent en même temps que l'emploi des instruments documentaires. »

(Henri Mitterand, linguiste et maître de conférences au Collège littéraire universitaire de Reims, « Les Atomes de l'écritoire ».)

Le linguiste, « au pied de l'ordinateur », on ne le voit pas, comme au pied du mur le maçon, mais tout guidé qu'il est par le grand solipède, dans le fouillis des mots, comment peut-il feindre d'ignorer que partout et par tous les temps, enfantine, sauvage ou folle, une langue étrange erre et dont les mots se téléguident bien au-delà du fouillis des critiques?

Serait-ce toujours la guerre du gang des hautes formes contre le slang des bas-fonds?

Il faut rire, paraît-il, de ceux qui laissent passer la chance qui leur est donnée d'y voir un peu plus clair dans les mystères de la productivité littéraire.

Serait-ce à dire que ces mystères sont des vérités révélées de l'ordinateur et que nous devons croire quoique nous ne puissions pas toujours les comprendre?

Nous sommes donc loin des Mystères de Paris, de New York, ou de la Chambre Jaune, mais tout près de ceux d'un petit mammifère qui m'est cher, le raton-laveur, et qui a déjà comparu, et sans doute en petits morceaux, devant le Grand Ordinateur, ainsi qu'en témoigne entre autres, un ouvrage d'une grande actualité : CLEFS POUR LE STRUCTURALISME par Jean-Marie Auzias :

« Mais il ne suffit pas de s'en tenir à une grammaire, il faut pouvoir remonter à la source même de la parole. Et ils ont beau faire les behavioristes, les pavloviens, comme l'ami Jacques Cosnier avec ses " ratons-laveurs ", ils n'arrivent pas à produire le plus petit concept, alors que Prévert rend présents à jamais tous les ratons-laveurs libérés des tropismes et autres machineries intimes qui ne *parlent* pas. »

Puisqu'il est question de grammaire et de machineries intimes, pourquoi ne pas consulter aussi

110

l'anagrammaire élémentaire, ce qui permettrait de faciliter la tâche et de mâcher la besogne du Grand Ordinateur à propos du petit animal en question?

Anagrammaire élémentaire :
Raton-laveur : Heurtons l'avare
                l'art nu lave or !
                Rat, v'là ton heure !
                On rate valeur.
Raton-laveur : raton lave heure (qui lessive
                le temps).
Raton-laveur faisant sa toilette de bonheur :
                raton lave heur.

Et ainsi de suite aux bons soins de l'Ordinateur grâce à qui le linguiste pourra continuer d'affirmer que jamais au grand jamais il ne donnera sa langue au chat ni le chat sa langue au rat.

Langue au rat : phobie de l'angora.

Cependant, « sa chance d'y voir un peu plus clair » paraît offrir de fort troublantes analogies audio-non visuelles avec la psalmodique complainte des aveugles de la Loterie Nationale : « Tentez votre chance, tentez votre chance ! »

Allez donc savoir s'il tente sa chance ou si sa chance le tente. Même pour une machine, il s'en faut toujours d'un rien, pour que cela ne soit pas facile comme tout.

Cependant, il est peut-être nécessaire de citer un des derniers messages captés par le Grand Ordinateur.

C'est un colloque, un séminaire de l'âge cavernicole :

Le misanthroglodyte :

Les mots sont des singes.

Le philantropoïde ne dit rien mais fait signe que les signes sont des mots. Et il sourit.

Il sait peut-être ou tout simplement devine qu'il serait fort difficile à n'importe quel linguiste ou monolinguiste structurel, péremptoire et définitif, de découvrir la « source » de ce nom qui pourtant ne fut pas transmis à mots couverts tandis que l'écrivain cité plus haut (Jacques Prévert) entend aujourd'hui très intelligiblement comme autrefois et comme s'il y était — et pourquoi « comme », puisqu'il y est encore à son gré — le garçon bien plus âgé que lui, et qui le prononça un matin en 1910, au dernier étage d'une vieille maison à Paris, rue de Tournon, n° 5 [1]. Il s'appelait Henri Tiran, sa mère, « la mère Tiran », était notre voisine de palier. Elle en avait vu et entendu de toutes les couleurs, mais c'est en se frottant les mains, le regard lointain, qu'elle feuilletait son album mental, en rappelant avec une malicieuse fierté qu'on la traitait de pétroleuse dans sa jeunesse, pendant la Commune.

Elle avait deux autres fils, Maurice qui était modeleur rue Racine, et André l'aîné, qui promettait : la nuit tombée, il réglait ses comptes avec les flics du quartier Saint-Sulpice, qui trop souvent à son gré, et avec un touchant ensemble, lui avaient abîmé le portrait.

Dans son cache-nez, il enrobait une brique ou un fer à repasser, et d'un coup rapide et feutré, les envoyait ronfler chez Morphée. Mais il ne tint pas ses promesses et s'acheta une conduite : engagé, rengagé dans la Coloniale, énergumène galonné, il fut plusieurs fois palmé pendant la grande guerre 14-18.

Difficile aussi de découvrir, grâce aux innombrables petits morceaux choisis par l'ordinateur, pourquoi le raton-laveur est resté non pas gravé, mais tout remuant dans la mémoire, ou plutôt dans l'aimoir d'un enfant de dix ans, cet aimoir ne suivant aucunement la technique du capitaine Mnemo ; et l'animal allait et venait dans le plus tôt et le plus tard de l'instant même de cet enfant, tout aussi librement que les animaux évoqués dans un livre qu'il lira plus tard : ESSAI SUR L'HISTOIRE NATURELLE DE QUELQUES ESPÈCES DE MOINES [2].

Ces distingués naturalistes énumèrent le nombre immense d'espèces du genre Monachus qu'on trouve à l'état sub-fossile sur tous les points de la France et dans les terrains les plus différents. Si l'on objecte que ces espèces ne sont pas réellement antédiluviennes, ils citent l'exemple d'animaux tels que le Dronte, qui n'ont plus été retrouvés ; l'Aye-aye, qui n'a été vu qu'une seule fois ; et l'Aï, ou Paresseux, qui ne tardera pas à disparaître.

---

1. Sur la façade de cette maison, une plaque, au-dessus de l'ancienne porte d'entrée, indique qu'elle fut habitée par Charles Cros, inventeur du « Hareng Saur » et du phonographe.
2. Monachus : définition :
« Animal anthropomorphum ; cucullatum ; noctu ejulans ; sitiens. Descriptio : Corpus Monachi bipes... dos courbé ; tête penchée ; toujours encapuchonné, complètement couvert de vêtements, sauf dans quelques espèces où la tête, les mains, les fesses et les pieds sont nus. Du reste, animal avare, puant, immonde, altéré, paresseux, supportant la faim plutôt que le travail. Au lever et au coucher du soleil, mais surtout la nuit, les moines se réunissent ; l'un venant à crier, tous crient avec lui ; au son de la cloche, ils accourent tous ; ils marchent toujours par deux, sont vêtus de laine, vivent de rapines et de quêtes ; ils prêchent que le monde a été créé uniquement pour eux ; ils s'accouplent clandestinement, ne se marient jamais, et exposent leurs progénitures ; ils se déchirent entre eux et dressent des embûches à leurs ennemis. »
(MONACOLOGIE, illustré de figurines sur bois, Paris, Paulin, rue de Seine, 33, 1844.)

MÉMOIRE

Texte à « démonter » intégralement et sans rire, afin d'y voir un peu plus clair dans la « productivité » artistique et littéraire.

Les spécialistes et ouvriers qualifiés se sont de longue date employés à restaurer l'ornementation si abondante de nos églises ; témoin ce mémoire qui date de l'époque du roi Louis-Philippe :

Mémoire de ce qui est dû à M. LESTISSE, peintre-sculpteur-décorateur pour travaux faits dans l'église de LANVIOUZE (Finistère) le 9 mars 1841.

● Pour avoir descendu le grand Bon Dieu de dessus le maître-autel, l'avoir lavé et nettoyé .	14 F	10 sous
● Pour avoir fait un nouveau ratelier pour Saint Louis et l'avoir lavé par-devant et par-derrière	3 F	10 sous
● Pour avoir mis un nouveau bras à saint Étienne, lui avoir blanchi le nez et fourni une calotte pour cacher le trou qu'il avait sur la tête	3 F	3 sous
● Pour avoir corrigé le Pater Noster et lui avoir fait et fourni une main, un bras, deux pieds et avoir peint et nettoyé toutes les figures	18 F	
● Pour avoir peint et nettoyé saint Jean-Baptiste et son mouton et lui avoir placé une corne sur le côté gauche	5 F	
● Pour avoir lavé la Sainte Vierge et lui avoir refait un enfant Jésus et un bras gauche. .	24 F	
● Pour avoir remis au Saint-Esprit une queue neuve et avoir refait un nouveau chapeau à saint Joseph	4 F	
● Pour avoir fourni les cordes pour peindre les Saints Anges au-dessus de l'autel	5 F	
● Pour avoir ôté les vieux yeux des douze apôtres et les avoir remplacés par des neufs	6 F	
● Pour avoir peint une ceinture, mis un bras et une trompette à l'ange qui est au-dessus de la chaire	7 F	8 sous
● Pour avoir lavé et nettoyé saint Isidore, sainte Barbe et saint Nicolas et sainte Cécile avec son violon et leur avoir fourni tout ce qui leur manquait	20 F	3 sous

114

● Pour avoir fait un diable tout neuf, l'avoir placé sous les pieds de l'Archange saint Michel et les avoir peints tous les deux . . . .   45 F
● Pour avoir détruit la grande fleur de Lys, pour avoir varlopé le derrière de Saint Louis et de Charlemagne qui ne voulaient pas entrer dans leurs niches et les avoir peints et décorés tous les deux . . . .   45 F

Ce qui donne un total de... 166 F 40 pour la remise à neuf des saints de l'église de Lanviouze.

(Document extrait des archives nationales [Bibliothèque nationale].)

LE SPECTRE DU DÔME

A Montparnasse, bien avant la dernière guerre, un très vieux garçon du Dôme psalmodiait sa commande d'une voix vétuste, trébuchante mais malgré tout un peu tonitruante :

« ... et une anglaise sans langue ! »

Vingt ans après, ou à peu près, je devais le revoir au Théâtre Sarah-Bernhardt.

Il apparut, son plateau à la main, dans le Palais de Titus Andronicus et, s'arrêtant devant Vivian Leigh et Laurence Olivier, il répéta sa complainte funèbre :

« ... et une anglaise sans langue ! »
puis disparut sans quitter la pièce [1].

---

1. Shakespeare, *Titus Andronicus*, acte II, scène 3 : « *Démétrius* : Bon ! maintenant va dire, si ta langue peut parler, qui t'a coupé la langue et qui t'a violée. »

RÈGLEMENT DE COMPTES

(Féerie Noire)

Dans les rues de Londres, des chats et des chiens lâchés par la pluie aboyaient à la mort et miaulaient à la lune. A Soho, au « Red Murder Pub », y avait toute la tierce du Trinity-Gang, Big God the Faiseur, Jésus-Fiston et Holy the Bird.

Jojo la Charpente, celui qu'est marida avec Mary Virginia et Pascal the Lamb étaient là aussi.

Et Big God l'ouvrit : « Le racket des âmes, c'est du gâteau, l'Army du Salut connaît la musique, on n'a pas à se faire du mouron pour l'artiche, mais les caïds du Temple, pas question pour eux de passer la monnaie, pas question de saluer. Pourtant, ce qui est écrit, c'est écrit, ils avaient qu'à lire, c'est pas compliqué : "Ceux qui refusent leur salut seront descendus ! "

« Si j'en rajoutais, ça serait superflu, et tant qu'on attend, c'est du temps perdu.

« Le temps c'est de la braise, c'est de l'heure en barres, du charbon ardent... »

Mais soudain Big God the Faiseur s'arrête de jacter, il est pas à la fête des Pères, Big God : Jack the Ripper vient d'entrer.

Et il n'est pas seulabre, Thomas the Good Tomb

et Dédé Profundis lui filent le train, avec derrière eux James the grave-digger Harry Scapegrace, Loulou sans merci, Wolf-wolf the Killer et Dodo last-Sleep.

Et Jack l'éventre-heure, c'est le dur des durs, et c'est toujours pendant l'horaire des plus profondes nuits qu'il opère.

Mise en l'air du temps, hold-up de l'espace, Jack l'éventre-heure, c'est le roi des casseurs d'horloges, des fracasseurs de pendules, des dépeceurs de réveille-matin et des déplumeurs de coucous.

Et il dit : « Tous autant que vous êtes, un deux trois et le reste, pour mieux me doubler, vous vous êtes triplés mais Juju l'Iscariote m'a mis à l'odeur de sainteté : s'il a donné Jésus-Fiston, c'était pour la frime. Son exécution, c'était du bidon, et ceux qu'ont payé c'est les deux barons, lui s'est fait la malle le jour de l'Ascension.

« Alors, vous faites pas d'illusions, votre combine est mauvaise mais votre compte est bon. Tous les mains en l'air, dos au mur du son ! Requiescat in war ! »

Pour la Trinity-Gang c'est la fin dernière des hommes, et Jack l'éventreur a tout le temps devant lui, avec lui, pour lui, car Jack l'éventreur, faut s'lever de bonne heure pour compter sans lui.

UN MONDE FOU

Pas du tout
Un monde raisonnant de raisonnabilité
un monde arraisonné
Et toutes les vieilles arrière-pensées à l'avant-garde
    des idées
Le monde de la terre
la Terre qu'ils oublient
Et les grandes voix de la mer en colère
hurlant sans cesse : Arrière Pays !

UN EMBRYON

Un embryon de prince du Danemark, dans le ventre de la reine sa mère hésitait avant de prendre l'ultime décision et pensait même à s'étrangler avec le Grand Cordon.

« Naître ou ne pas naître » était pour lui la première, l'unique question.

Foetalitas ! dira plus tard Chéri Bibi.

LE VOYAGE MALAISÉ

Le coucou ne dit pas l'heure
le corbeau ne dit pas l'année
l'horloger est un receleur
Le temps volé il le revend ailleurs
mais ne dit pas où c'est.

HUMANÆ VITÆ

SERINGUINOS

Vous connaissez la nouvelle?

SOTTINEZ

La nouvelle!

SERINGUINOS

Mais la bonne, la merveilleuse nouvelle, la nouvelle encyclique de Paul VI!

SOTTINEZ

La pilule?

SERINGUINOS

Oui, la pilule, et il est contre.

SOTTINEZ

Bravo, nous sommes sauvés. Isabelle sera enceinte et Babylas sera perdu.

SERINGUINOS

Et Belzébuth vaincu!

Références : Les Pilules du Diable
                féerie en cinq actes
Seringuinos et Sottinez, à la recherche d'Isabelle,
enlevée par Babylas et qui court le monde avec son
amant.

Auteurs : Anicet Bourgeois, Ferdinand Lalou et Lau-
rent, 1839-1874.

LES BAS-RELIEFS DU FESTIN

Les années ont passé, la table est desservie, presque tous les convives sont morts et quelques-uns à la guerre, mais sur la nappe des souvenirs, pour quelques-uns encore vivants, les arlequins de la mémoire dansent le reste du temps.

CATAIRE

Ils ont insulté les vaches
ils ont insulté les gorilles
les poulets
Ils ont insulté les veaux
ils ont insulté les oies les serins les cochons les
   maquereaux les chameaux
ils ont insulté les chiens
Les chats
ils n'ont pas osé.

CHARADE

LE ROI

Fais-moi rire, bouffon.

LE BOUFFON

Sire, votre premier ministre est un imbécile, votre second ministre un idiot, votre troisième ministre un crétin, votre quatrième ministre...

LE ROI
(saisi de grande hilarité)

Arrête, bouffon, et dis-moi la solution.

LE BOUFFON

La solution, Sire : vous êtes le roi des cons.

LES ENFANTS EXIGEANTS

Pères
regardez-vous à gauche
regardez-vous à droite
Pères
regardez-vous dans la glace
et regardez-nous en face.

LE RETOUR A LA MER

Usinées
tamisées
usées
rapiécées
égouttées
dégoûtées
les eaux se jettent à l'eau.

LA MAISON DU CRIME

Devant la maison, un aveugle et son chien.

Le mendiant entend un cri et n'y prête guère attention.

Un homme sort de la maison avec une valise et inspecte les alentours.

La rue est vide, seulement l'aveugle.

L'homme le regarde, hoche une tête compatissante et met dans le chapeau de l'aveugle une pleine poignée de dollars.

Le lendemain, autour de la maison, des policiers vont et viennent en s'efforçant de passer inaperçus.

L'un d'eux : « L'assassin revient toujours sur les lieux de son crime. »

Un autre : « Attendons ! »

L'aveugle revient et s'installe devant la maison avec son chien.

Les policiers, d'abord, ne prêtent guère attention à lui, mais l'un d'eux s'approchant découvre soudain dans son chapeau des dollars tachés de sang.

Le premier policier : « Je vous le disais bien, toujours il revient ! »

Un peu plus tard l'aveugle est assis sur le fauteuil électrique, avec près de lui son chien.

Sur un strapontin.

LE LANGAGE DÉMENT...

Le langage dément dément le langage savant
Le langage savant ça vend des idées

Brocanteurs d'idées
receleurs d'idées
Quand l'art est de rigueur
l'art est nié.

HOMÉLIE-MÉLO

Péremptoire, dans sa chaire, un vertical parle à des assis sur leurs chaises.

Et c'est toujours le même crime passionnel, le même haut fait divers avec les clous, la croix, les épines, l'éponge, le vinaigre, les saintes femmes, le bon et le mauvais gangster, le traître, le tonnerre et les éclairs.

Les assis l'écoutent avec une patience d'ange mais, sur les dalles, des grincements de pieds de chaise témoignent qu'ils font preuve en même temps d'une impatience du diable.

Le suspense du récit du supplice leur semble plus long que le supplice lui-même.

Ils connaissent l'histoire et savent que « ça finit bien puisque le héros ressuscite à la fin ».

LE BON JEUNE TEMPS

Les rivières étaient claires
la mer était propre
le pain était bon
les saisons saisonnières
les guerres oubliées
et l'amour aimé.

HISTOIRE ANCIENNE
ET L'AUTRE

LE PROFESSEUR

Dites ce que vous savez sur le Parthénon.

L'ÉLÈVE

...

LE PROFESSEUR

Zéro!

UN AUTRE ÉLÈVE

Pourquoi?

LE PROFESSEUR

Comment pourquoi? Mais parce qu'il reste coi, et s'il reste coi, c'est qu'il ne sait pas.

LE SECOND ÉLÈVE
(l'interrompant)

Je réponds...

LE PROFESSEUR

Répondre pour lui, mais vous n'y pensez pas!

LE SECOND ÉLÈVE

Je ne voulais pas répondre pour lui mais simplement répondre de lui. Je le connais. Et puis vous affirmer que le Parthénon, il sait très bien ce que c'est.

LE PROFESSEUR

Alors ?

LE SECOND ÉLÈVE

Alors, ce qui me surprend c'est que vous ne vous demandez pas pourquoi il ne répond pas.

LE PROFESSEUR

Est-ce que je sais !

LE SECOND ÉLÈVE

En voilà une question !

LE PROFESSEUR

Comment, une question ?

LE SECOND ÉLÈVE

Parfaitement. Ne venez-vous pas de me demander si je savais pourquoi il se taisait ?
« Est-ce que je sais », n'est-ce pas une question ?

LE PROFESSEUR

! ! !

LE SECOND ÉLÈVE

De deux choses l'une ou toutes deux : vous me demandez ou vous vous demandez si vous savez pourquoi il se tait.

LE PROFESSEUR

Enfin, voyons, « est-ce que je sais », c'est locution courante, façon de parler.

LE PREMIER ÉLÈVE

Pourquoi pas alors façon de se taire? Vous auriez dû comprendre, Monsieur le professeur, que cela fait nombre d'années que vous nous cassez les pieds avec votre questionne-ère (il récite très vite) : l'Acropole est un petit monticule où se dressent encore de merveilleux vestiges de pierres à touristes avec son et lumière. Acropole, Parthénon, temple, église, mosquée, forteresse et poudrière.

Athènes capitale de la Grèce colonisée par les colonels...

LE PROFESSEUR

Sortez !

L'ÉLÈVE
(sortant)

Avec plaisir.

Le second élève se lève et, prenant la relève du premier, répond à son tour au questionnaire.

LE SECOND ÉLÈVE
(ânonnant comme un guide accompagnant des touristes)

Merveilles de la Grèce, au vingtième siècle après Jésus-Christ et bien d'autres siècles beaucoup plus beaux avant lui.

Visitez les Cyclades qui forment un cercle magique autour de Delos.

N'oubliez pas Yaros et Leros qu'on appelle aujourd'hui les îles infortunées, les îles des déportés, des torturés...

LE PROFESSEUR

Sortez !

LE SECOND ÉLÈVE

Avec joie !

Il s'en va.

DÉSERTEURS

Déserteurs
soyez cités au désordre de la nuit
au hasard de l'aurore
à la chance des marées
aux charmes de la vie

Déserteurs
marquez le pas feutré
Le silence du départ
est chant de liberté.

UNE DENT

Ils ont une dent contre la vie
    et disent que tout est poussière
Ils ont une dent contre la vie
    et plus tard tout un râtelier
Alors ils mordent la poussière
    et la poussière leur rit au nez
La poussière ensoleillée.

CIRQUE

Sur la piste, il y a l'Auguste et le clown classique enfariné.
Une trapéziste saute à terre, son numéro est terminé.

L'AUGUSTE

Elle est si belle que les dieux m'en sortent de la
tête !

Il se précipite vers elle.

LE CLOWN BLANC

Tiens-toi correctement ou j'appelle Monsieur
Loyal !

L'AUGUSTE

Où il est ?

VOIX DE M. LOYAL

Je suis partout, sur la piste comme aux cintres et
en tous lieux !

L'AUGUSTE

Ouais ! Mais ici il est pas là ! Et puis d'abord qui
c'est Monsieur Loyal ?

VOIX DE M. LOYAL

Je suis celui qui est.

L'AUGUSTE
(élevant la voix)

Ce n'est pas beau de haïr, vous savez.

LE CLOWN BLANC

Pauvre idiot ! (Il le gifle.) Il ne s'agit pas de cela !
Et puis d'ailleurs la haine n'est pas comprise
dans les sept péchés capitaux.

L'AUGUSTE

Comment que ça se fait ?

LE CLOWN BLANC

Tais-toi, imbécile ! (Il le gifle.) Laisse-moi penser !

Il prend la position réglementaire du penseur assis ; bronzé,
immobile et soclé.

LE PENSEUR BLANC

Être ou ne pas être Shakespeare, voilà la question.

L'AUGUSTE

Shakespeare, c'est toâ !

LE PENSEUR BLANC
(flatté)

Tu crois ?

L'AUGUSTE

Bien sûr, puisqu'il n'existe pas.

141

LE PENSEUR BLANC

Comment le sais-tu ?

L'AUGUSTE

Je le sais puisque j'sais pas qui c'est.

LE PENSEUR BLANC

Et moi alors ?

L'AUGUSTE

Toâ ! Tu fais seulement semblant.

LE PENSEUR BLANC
(furieux)

Oh ! (Il le gifle.) Et ça, ça existe ?

L'AUGUSTE
(sortant de sa poche un couteau)

Pas plus que ça !
Il l'éventre.

LE PENSEUR BLANC

Tu quoque fili !

L'AUGUSTE

Moâ aussi, papa !

LE PENSEUR BLANC

Mais tu avais des Lettres !
Il meurt.

L'AUGUSTE

Lettres ou pas lettres, en voilà une question !
Bien sûr que j'ai des lettres, comme sur l'affiche, et des chiffres, comme sur le programme. Et ici, comme au téléphone, je fais un numéro. Des lettres, j'en ai appris à l'école maternelle. Une cloche nous appelait pour les dire et un peu plus tard, pour les lire.

Il chante :

Sonnez les voyelles
Sonnez les consonnes
Sonnez les voyelles
Ah !
Euh !
Hi !
Oh !
Hue !
Hue ! Hue ! Hue !

Un cheval entre en piste et emmène le corps du penseur blanc.

L'AUGUSTE
(péremptoire)

Hue donc !

Monsieur Loyal, hors de lui, à son tour entre en piste.

M. LOYAL

Sale nègre ! Sale juif ! Sale mécréant ! Tu étais là pour faire rire le monde. Et tu l'as tué pour de bon.

L'AUGUSTE

Est-ce que le monde a pleuré ?

M. LOYAL

Non, bien au contraire, hélas !

L'AUGUSTE

Vous voyez bien, si je l'ai tué, c'était pour rire. (Brusquement) Est-ce que vous connaissez la charade des petits Grimault ?

> — Quoi qu'a fait ?
> — A fait rien.
> — Quoi qu'a dit ?
> — A dit rien.
> — A quoi qu'a pense ?
> — A pense à rien.
> — Pourquoi qu'a fait rien, qu'a dit rien, qu'a pense à rien ?
> — A l'existe pas !

Qui vous pensez que c'est, vous ?

M. LOYAL
(agacé)

Est-ce que je sais ?

L'AUGUSTE

Les petits Grimault non plus ne le savent pas. Mais moâ, je crois que c'est la mort.

M. LOYAL
(haussant les épaules)

Alors, la mort, c'est rien !

L'AUGUSTE
(souriant)

Il y a toujours tout, il n'y a jamais rien.

M. LOYAL

Jamais rien ! Et Dieu, alors ?

L'AUGUSTE

Lequel ?

M. LOYAL

Comment lequel ? Mais le seul, l'unique.

L'AUGUSTE
(hilare)

Ouais, l'unique Rien du Tout.
(Puis soudain le prenant de très haut.)

Et vous ? Qui c'est vous, vous ?

M. LOYAL

Mais je suis M. Loyal.

L'AUGUSTE
(méprisant)

Vous êtes pas dans le dictionnaire, ni dans les
pages roses, ni dans les pages grises. Tandis que
moâ (élevant majestueusement la voix) je suis Auguste,
l'auguste Auguste, Octave, octavien, vainqueur
d'Antoine, empereur romain ! Et si cela peut vous
intéresser, je puis ajouter, c'est gravé : « Auguste
s'attacha par l'excellence de son gouvernement à
faire oublier la gravité du changement qu'il appor-
tait dans la constitution de la République. »

M. LOYAL
(claquant des talons)

Ave César !
Le clown blanc revient en piste, toujours traîné par le cheval.

LE CLOWN BLANC

Ceux qui sont morts te saluent !
Le cheval l'entraîne dans les coulisses et l'orchestre attaque avec
allégresse : « La Marche foraine » et « La Marseillaise » de Chopin.
Tous les spectateurs se dressent, debout comme un seul specta-
teur, et se rassoient et se relèvent et puis s'en vont.

SANS FAUTE

(Codicille)

C'est ma faute
c'est ma faute
c'est ma très grande faute d'orthographe
voilà comment j'écris
giraffe.

J'ai eu tort d'avoir écrit cela autrefois
je n'avais pas à me culpabiliser
je n'avais fait aucune phaute d'orthografe
j'avais simplement écrit giraffe en anglais.

BEAUTÉ SAUVAGE

Rien ne les cache
mais qui les voit

A trente à l'heure
comme à deux cents
Intacts
indemnes
indifférents
resplendissants
secrets
défilent les monts d'Arrée.

LA BELLE ÉPOQUE

C'était celle où l'adulte ne manquait pas d'aplomb et, s'il mettait du plomb dans la tête de l'enfant, c'était pour que l'enfant trouve tout naturel de recevoir plus tard du plomb n'importe où dans le corps.

Heureuse époque encore un peu artisanale où dans les petites confiseries le modeste travailleur suçait les dragées manquées afin de récupérer les amandes, cependant qu'en temps de guerre, sur les champs de bataille, des ferrailleurs récupéraient l'or des dents des morts ou le plomb des balles afin de le vendre un bon prix aux fabriques de soldats de plomb. Aujourd'hui, c'est du napalm que l'adulte met dans la tête des enfants et il est étonnant qu'il s'étonne quand l'enfant fabrique des cocktails Molotov même avant d'être adolescent.

SILENCE, ON TOURNE !

LE SAINT-OFFICE

Vous êtes insupportable, Galilée ! La terre se porte à merveille, et nous qui sommes ses supporters, nous pouvons, avec certitude affirmer...

GALILÉE

Mais je n'ai pas dit qu'elle était malade ! La terre ne se porte ni bien ni mal, elle ne se porte pas, elle tourne.

LE SAINT-OFFICE

A vous entendre elle aurait le tournis, mais le tournis c'est maladie de mouton et de brebis.

GALILÉE

En ce cas, l'agneau pascal l'a aussi et la baleine l'avait de même et Jonas avec elle.

Le roulis c'est le tournis de la mer, et toujours autour du soleil.

LE SAINT-OFFICE

Qu'est-ce qu'il ne faut pas entendre !

GALILÉE

Il ne faut pas entendre ce qui est faux et prêter l'oreille à ce qui est vrai.

LE SAINT-OFFICE

Il est fou ou il se fout du monde.

GALILÉE

Tous les hommes sont fous. Dieu est le roi des fous. Tous les rois ont des fous. Dieu est le roi du monde et si j'étais son fou je lui dirais...

LE SAINT-OFFICE

Silence !

GALILÉE

Hélas, c'est peut-être ce qu'il me dirait aussi.

LE SAINT-OFFICE

Oh, si ce n'était pas à rougir de honte, ce serait à mourir de rire, cet homme voudrait nous faire accroire que Notre-Seigneur sur sa croix tournait sur lui-même et autour du soleil !

GALILÉE

L'essentiel pour le Père c'était peut-être que son Fils tourne bien.

LE SAINT-OFFICE

Mais si la terre tournait, pauvre malheureux insensé, nous serions dans l'obligation d'admettre que le jour de l'ascension au lieu de s'élever au plus

haut des cieux, Notre-Seigneur est peut-être tombé
n'importe où.

GALILÉE

A Dieu, n'importe où importe peu puisqu'il est
partout. Alors, que Notre-Seigneur s'élève ou tombe,
cela ne change rien du tout.

LE SAINT-OFFICE

Silence ! La cause est jugée, l'hérésie constatée et
de même qu'il n'y a pas d'effet sans cause, il n'y a pas
de mauvaise cause sans mauvais méfait. Rétractez-
vous, Galilée. Si vous ne vous rétractez pas vous
passerez au tourniquet.

Galilée, la peur dans l'âme, se contracte, se déforme de façon à
occuper le moins de place possible.

LE SAINT-OFFICE

Où est-il ?

Il cherche et le trouve dans un petit coin.

LE SAINT-OFFICE

Point trop n'en faut, Galilée. On vous a demandé
de vous rétracter mais pas de vous recroqueviller.

Inutile de vous faire tout petit. Si vous ne répon-
dez pas à notre question vous passerez à la question
proprement dite. Affirmez-vous encore être en
mesure de prouver que notre mère la terre tourne
autour du soleil ?

GALILÉE

Les mobiles de Dieu sont impénétrables et aussi
ses immobiles.

Tant pis pour ma longue vue.

Il la casse en deux et en jette à terre les morceaux.

Après tout, je préfère une longue vie. Ne voyez donc plus en moi que la pauvre victime d'une désillusion d'optique. Vous me voyez atterré, en affirmant qu'elle tournait, j'ai parlé de la terre avec légèreté.

LE SAINT-OFFICE

Voilà qui est parfait, vous reconnaissez avoir parlé pour ne rien dire.

GALILÉE

Hélas, je n'ai parlé que pour me taire.

LE SAINT-OFFICE

La cause est entendue. Toutes choses étant rentrées dans l'ordre des choses, retirez-vous le plus loin possible et faites-vous oublier. Amen !

Le Saint-Office se retire.

GALILÉE
(dans son coin)

J'ai parlé pour me taire, mais si je me retire (il sourit) ce sera pour écrire.

HALLALI

Pourchassé par des chiens-cyriens, un casoar australien se réfugie dans un bidonville algérien. Les bidonvilliens lapident les chiens-cyriens.

Alors intervient un archevêque parisien.

L'archevêque : Beaux enfants, vous ne perdrez pas une plume de vos shakos. Dieu a copulé avec cette chienne de vie, croyez bien qu'il reconnaîtra ses chiens. Celui qui bénit les meutes maudit l'émeute.

Il agite sa crosse et les C.R.S. surgissent.

Le bidonville est ratonné, l'oiseau collé au mur est fusillé, les chiens-cyriens se précipitent : c'est la plumée.

ANTINÉODRAME

Le décor représente un cachot au milieu d'un désert.
Une musique sous-entendue empêche le plus profond silence de régner.

CHŒUR DES OUVREUSES

Jours ouvrables et jours fériés
nous travaillons sans relâche
Le rideau ne se baisse jamais
le rideau n'est jamais levé
Le programme est obligatoire
la sortie de secours fermée.

UN SPECTATEUR

Un de ces jours, et c'est façon de parler, disons plutôt une de ces années, ne risquerons-nous pas de trouver le temps un peu long ?

UN AUTRE

Long ou court, c'est une simple question d'appréciation.

LE PREMIER SPECTATEUR

Évidemment, tout est relatif, mais à bien regarder, ainsi, sans rien voir, qui nous dit qu'il y a réellement un acteur dans ce cachot?

L'AUTRE

Et qui peut dire à l'acteur qu'il y a réellement des spectateurs dans la salle?

LE PREMIER SPECTATEUR

Comment savoir?

L'AUTRE

Le programme indique seulement qu'il est condamné à vingt ans, déjà il a donc, comme on dit, « tiré » deux années.

LE PREMIER SPECTATEUR

Nous aussi.

L'AUTRE

Sans compter la queue que nous avons faite pendant six mois.

Enfin, la critique était tellement unanime que, tout comme vous, j'avais pensé que ça valait la peine.

LE PREMIER SPECTATEUR

La peine! Enfin, il bénéficiera peut-être d'une amnistie, et nous avec.

L'AUTRE

Cela me surprendrait.

LE PREMIER SPECTATEUR

Et s'il s'évadait !

L'AUTRE

Pas question, c'est impossible, le programme précise que le décor est bâti en dur, muré, plafonné, et qu'il n'y a pas trace de trappe dans le plancher cimenté.

LE PREMIER SPECTATEUR

C'est exact. (Il consulte et lit le programme...) Ainsi nul ne peut voir ni entendre l'acteur, et s'il déclame, c'est en pure perte.

D'ailleurs, il ne déclame pas, il desquame, c'est prévu par l'auteur. « Au bout de quelques années, l'acteur entré depuis trop longtemps dans la peau de son personnage, tentera peut-être d'en sortir, mais vainement, car s'il ne tient plus à son rôle, son rôle, lui, tiendra à lui : l'habit fait le moine, la casaque le jockey, la tunique le Nessus. » (Long soupir.) Tout cela est très beau, mais vous avouerez tout de même...

L'AUTRE

Avouer quoi ?

LE PREMIER SPECTATEUR

Enfin, vous ne pouvez nier que vingt ans, vingt ans sans entracte, sans promenoir, c'est...

L'AUTRE

Une simple question de relativité. Théâtre de dix heures, théâtre de vingt ans, peu importe, puisque c'est le vrai théâtre, le grand théâtre — le théâtre de demain.

MIRACLES

« L'Express : Vous croyez aux miracles ?

« S. E. J. Daniélou : Absolument. Pour moi, le surnaturel existe dans le quotidien. Quand je prends le métro, je me surprends à penser que tous les gens qui m'entourent sont appelés à contempler un jour la Sainte-Trinité. Ce sont des expériences extraordinaires, et je sais que cette vision est vraie, même si personne autour de moi ne s'en doute... »

(« Entretien avec le cardinal Daniélou »,
L'EXPRESS, juin 1969.)

Il était très tard et très tôt, le métro roulait vers la porte de la Chapelle. Il n'y avait personne sauf deux et la première personne parlait à la seconde personne d'une troisième personne qui était, à l'entendre, un oiseau.

Elles descendirent à la Trinité et sur le quai, sans la saluer, croisèrent une autre personne qui avait une queue et des cornes et devait descendre à la Fourche.

(Jacques Prévert, « Itinérants », FATRAS
janvier 1966.)

EN CE TEMPS LAS

... Et presque tout cela se passait aujourd'hui, c'est-à-dire, comme toujours, dans le temps.

Et tous suivaient celui qui criait : « En avant ! »

Et puis, soudain, ce ne fut ni n'était aujourd'hui, hier soir ou demain matin, on entendit un autre cri :

« En après ! »

C'était, venant d'une autre espèce d'impasse d'espace, une voix d'enfant, la voix joyeuse et folle d'un hors-la-loi du temps.

A PERTE DE VIE

Dans le quinzième, à Paris, l'église de Saint-Antoine-de-Padoue, boulevard Lefèvre, est à deux pas du bureau des Objets trouvés, rue des Morillons, ainsi que des Abattoirs de Vaugirard, de la Fourrière et du Marché aux Chevaux. Non loin on trouve aussi, rue de Dantzig, les Abattoirs porcins.

I

Saint Antoine de Padoue.
L'église est déserte. Seul un homme très pâle et le visage légèrement ensanglanté s'est agenouillé et prie à haute voix.

L'HOMME

Saint Antoine de Padoue, j'ai perdu la vie. Ne soyez pas comme saint Christophe, indifférent à mes vœux ; à mon pare-brise, j'avais accroché sa médaille. Saint Antoine, ne restez pas sourd à ma prière. Saint Antoine, je voudrais recouvrer la vie...

Un sacristain s'approche.

LE SACRISTAIN
(à voix basse)

Pourquoi prier si fort ? On n'entend que vous.

L'HOMME

J'ai perdu la vie.

LE SACRISTAIN

Je vous conseille d'aller plutôt au bureau des Objets trouvés, ou à la Fourrière, c'est à côté.

L'HOMME

Mais je ne suis pas un animal.

LE SACRISTAIN

Si, et tout comme moi, et composé d'une âme d'un corps.

II

Au bureau des Objets trouvés.
Un homme arrive. Il est, comme l'autre, très pâle, le visage légèrement ensanglanté, et tient à son bras une très jolie fille silencieuse et indifférente.

L'EMPLOYÉ

Qu'est-ce que c'est ?

L'HOMME
(désignant la jolie fille)

J'ai trouvé la mort !

L'EMPLOYÉ

Où ça ?

L'HOMME

Rue de la Gaîté. Une voiture m'a renversé. (Désignant la jolie femme.) Et Madame est arrivée.

Elle souriait, mais je dois ajouter qu'elle a souri aussi à l'homme qui conduisait la voiture et qui est entré dans une vitrine en faisant d'épouvantables dégâts.

L'EMPLOYÉ

Bon ! (Puis, haussant les épaules.) On dit toujours « bon » quand c'est mauvais. (Désignant la jolie fille.) Dans un an et un jour, elle est à vous, si personne n'est venu la réclamer.

Arrive alors l'homme qui vient de Saint-Antoine.

L'EMPLOYÉ

Qu'est-ce que c'est ?

L'HOMME

J'ai perdu la vie.

L'EMPLOYÉ

Où ça ?

L'HOMME

Rue de la Gaîté. Je suis entré dans une boutique. « La Belle Polonaise », un café-tabac.

(De plus en plus triste.) Accident stupide, j'étais dans mon tort.

J'ai perdu la vie. (Et soudain, découvrant et désignant la jolie fille.) Mais la voilà ! Oh, la voilà ! C'est elle !

L'EMPLOYÉ

Vous êtes sûr ?

161

L'HOMME

Oui, c'est elle, celle que j'ai pas eue, que j'ai toujours rêvée, celle que j'ai perdue, même qu'elle m'a souri.

L'AUTRE HOMME

Excusez-moi, je ne voudrais pas vous contrarier, mais c'est ma mort et j'y tiens.

L'AUTRE

Évidemment, je vous comprends. Elle est si belle.

L'EMPLOYÉ

Ça, on ne peut pas dire le contraire et je me mets à votre place. Enfin, c'est une façon de parler, puisque vous êtes mort.

L'HOMME QUI A PERDU LA VIE

Qu'est-ce que ça peut faire ! (Désignant la jolie fille.) La vie est belle puisque c'est ma vie. Et puis, enfin, une vie de perdue, dix de retrouvées.

L'HOMME QUI A TROUVÉ LA MORT

Moi, je suis mort de ma belle mort et c'est la vie même. Je l'ai trouvée, elle est à moi.

L'EMPLOYÉ

Pas avant un an et un jour. (Désignant l'autre homme.) A moins que monsieur n'intervienne afin de chercher à faire valoir ses droits.

LES DEUX ENSEMBLE

— C'est la mienne, elle est à moi !
— Elle est à moi, c'est la mienne !

LA JOLIE FILLE

Je suis à tout le monde... (Elle les sépare et les entraîne...) A tout le monde et à personne.

L'EMPLOYÉ

Allez vous y reconnaître !

C'est comme les parapluies. Ils les perdent, ils les retrouvent, le vent les retourne et ça n'empêche pas la pluie de tomber.

Entre un vieil aveugle, avec une canne blanche.

L'AVEUGLE

J'ai perdu la vue.

L'EMPLOYÉ

Allez à la Fourrière, vous trouverez un chien.

L'AVEUGLE

C'est loin ?

L'EMPLOYÉ

A deux pas.

L'aveugle s'en va, croisant un monsieur qui boite.

L'EMPLOYÉ

Qu'est-ce que c'est ?

LE MONSIEUR

J'ai perdu mon chien, un caniche.

L'EMPLOYÉ

Un chien, ce n'est pas un objet, par exemple...

Entre un autre monsieur.

163

L'EMPLOYÉ

Qu'est-ce que c'est ?

LE SECOND MONSIEUR

J'ai perdu ma canne.

L'EMPLOYÉ
(au premier)

A la bonne heure ! Une canne, ce n'est pas un animal, à moins bien entendu (facétieux) que ce ne soit la femelle du canard. En ce cas, comme Monsieur, vous devriez vous adresser à la Fourrière.

LE SECOND MONSIEUR

Ma canne est en bois des Iles et j'y tiens.

III

Devant la Fourrière.
L'aveugle, souriant, s'avance avec en laisse un bon chien.

L'AVEUGLE
(au chien)

Tu pourrais t'appeler « Verni ». Un jour de plus et tu passais à la casserole, gazé comme moi en 14.

Survient le monsieur qui a perdu son chien et le reconnaît.

LE MONSIEUR
(hurlant)

Sultan ! Ici Sultan !

Sultan tire sur sa corde et rejoint son maître. L'aveugle tombe. Le maître de Sultan corrige sévèrement son chien.

164

LE MAITRE

Te sauver! Qu'est-ce qui m'a foutu un chien pareil!

Il s'éloigne, cependant que le vieil aveugle cherche à tâtons sa canne blanche, la trouve et péniblement se relève.

Survient le monsieur qui boite et qui, sans sa canne, a beaucoup de peine à garder son équilibre.

LE BOITEUX

(grommelant)

En bois des Iles, et ils me l'ont fauchée! Bande de voleurs!

Découvrant l'aveugle, il s'approche et, sans hésiter, lui arrache sa canne des mains.

LE BOITEUX

Bande de voleurs! Bois des Iles ou pas, vaut mieux n'importe laquelle que pas du tout.

Il s'éloigne. L'aveugle retombe. Son front heurte le trottoir. Il soulève péniblement sa tête ensanglantée.

La jolie fille le prend par la main, l'aide à se relever et l'entraîne.

L'AVEUGLE

Je me suis fait très mal.

LA JOLIE FILLE

C'est rien.

Ils disparaissent.

LES GRANDES FORTUNES

Self père et self fils, il est parti de rien et s'est fait lui-même.

Milliardaire d'ères, il n'a pas de compte à rendre à personne, le temps qu'il a créé c'est de l'argent et l'espace c'est de l'or.

Et les bénéfices c'est de la merde.

FUTURALISME

Dans les corridors suburbains de la Supercité, les agents de l'Intelligence publique demanderont aux passants, s'il en reste, leurs « idées », leur permis d'idéologie surveillée et, dans la plupart des cas, leur « uit » (unique idée tolérée).

Ceux qui ne seront pas en règle seront appréhendés et dirigés vers le bloc opératoire culturel et universel.

L'élucubrator les conduira au greffe de la culpabilité collective et de la responsabilité dirigée.

Là, les grands manipulateurs leur perforeront le ticket socio-cérébral et ils seront remis en liberté maniable, manœuvrable et manutentionnée.

PRÉNATAL

Bientôt ou un peu plus tard, grâce aux incessants et étonnants progrès de savants génétiques
poursuivant sans merci les chromosomes géniques,
dès leur prénatalité, les hommes de génie seront
sélectionnés et, quelle que soit leur vocation, militaire, mystique ou philosophique, le jour même de
leur naissance pourra être, suivant le cas, déclaré
Fête Nationale, ce qui ne portera nul préjudice au
Deuil National qui, toujours selon l'usage, sera
célébré en son temps.

RÉOUVERTURE
DE L'UNIVERSATILITÉ

LE RECTEUR DIEU

Mes enfants, la classe est petite et comme vous êtes des mille et des cents, grimpez les uns sur les autres et parlez tous ensemble, afin de gagner du temps. Et je ne parle que pour vous, car le temps, moi je l'ai tout.

LES ÉLÈVES

Qu'est-ce qu'il se croit, celui-là!

LE RECTEUR DIEU

Je ne me crois pas, j'en suis sûr!

LES ÉLÈVES

Vous êtes sûr que vous ne vous croyez pas?

LE RECTEUR DIEU

Inutile de vouloir me faire dire ce que je n'ai pas voulu dire.

LES ÉLÈVES

On ne vous le fait pas dire : vous avez dit ce que vous auriez voulu taire.

LE RECTEUR DIEU

Oh ! Je vous en prie, c'est façon de parler. Et trêve de dialogue, passons tout de suite au décalogue.

LES ELÈVES

Des armes et cycles de Saint-Étienne.

LE RECTEUR DIEU

Non, ceci n'est que catalogue. Je parlais des Tables de la Loi, et trêve de discussions.

LES ELÈVES

De la discussion jaillit la lumière.

LE RECTEUR DIEU

Seulement quand elle est divine.

LES ÉLÈVES

Bien sûr, mais nous voudrions savoir avec qui vous avez discuté avant de l'inventer, cette lumière.

LE RECTEUR DIEU

Avec personne, j'étais seul.

LES ELÈVES

Dans l'obscurité ?

LE RECTEUR DIEU

Non, depuis toujours je suis un illuminé.

LES ÉLÈVES
(ils chantent)

Allumez la bougie pour voir si la chandelle est
[éteinte.
La chandelle était teinte en noir
mais la flamme s'est éteinte en rouge.
La lanterne est sourde,
le lampion bavard
feu rouge, feu vert, feu blanc.
Aux quatre coins du feu,
les feux de l'agent singe
les feux de la Saint-Jean.
Feux du ciel feu d'enfer
Feu le père de Monsieur, flamme la fille de
[Madame...

LE RECTEUR DIEU

Silence !
Et de mort s'il vous plaît. Voyons, où en étais-je ?
Ah, oui ! La Création.

LES ÉLÈVES

Non, Monsieur le Recteur, à la pré-création.
Nous procédons par ordre.

La pré-création, la création proprement dite, la
récréation-procréation.

LE RECTEUR DIEU

Assez ! Je vois où vous voulez en venir : à la
Contestation. Mais, pauvres malheureux, tous
autant que vous êtes, et tous ceux qui étaient avant

vous, je les ai sortis de la boue, tirés d'affaire et du limon de la terre.

LES ÉLÈVES

Vous êtes notre caricature.

LE RECTEUR DIEU

Sales petits voyous, je sais bien que Pasteur, enfant, a beaucoup fait enrager ses parents, mais il s'en est excusé par la suite. Enfin, bref, si vous continuez, vous n'aurez pas de diplômes, pas d'emplois, pas d'ouvrages à mettre et à remettre cent fois sur le métier, et vous irez chercher votre « job » sur le fumier.

Il agite une sonnette et entre le Grand Collecteur.

LE GRAND COLLECTEUR

Essipe evrom edrem.

LE RECTEUR DIEU

Amen !

LE GRAND COLLECTEUR

Je suis débordé, tous les égouts mais aussi, hélas, tous les bénitiers sont pollués !

Mais il est soudain bousculé par l'entrée en trombe d'une foule d'ecclésiastiques de choc qui s'expriment avec une véhémence agressive en échangeant, ou plutôt en se jetant à la figure, des idées, car ils ne sont pas d'accord.

— La société de consommation des siècles a fait faillite !

— Supprimez les églises, Dieu a partout son domicile !

— A bas les missels !

— Vive les anti-missels !
— A bas la calotte des cieux !
— Démystifiez le catéchisme !
— Supprimez l'enfer !

Entrée d'un groupe du MCADE[1].

— Vive l'enfer ! Au Jugement Dernier, nous dirons la vérité, toute la vérité, rien que la vérité, et les damnés auront beau hurler la liberté, toute la liberté, rien que la liberté, cela ne les empêchera pas de griller.

— Le nouveau catéchisme français est irrecevable. Leurs auteurs ont presque totalement escamoté le diable, le péché mortel, le sacrifice, la pénitence. Le message marial de Fatima, de Lourdes et de la Salette est bafoué.

— Jésus-Christ n'était pas communiste.
— Vos gueules ! Il était trotskiste.
— Anarchiste.
— Et célibataire.
— Nous sommes contre le célibat du Christ comme nous sommes contre le célibat des prêtres.
— Il était vierge.
— Oui, comme sa mère, c'était héréditaire.
— Ton visage !
— Qu'est-ce que ça veut dire ?
— Ça veut dire ta gueule, mais je suis poli.
— Paris est le péché capital de la France.
— A bas le jazz à Saint-Sulpice !
— Vive la messe au Crazy Horse !
— Vive Monseigneur Daniel Loup !
— Vive le Révérend Péroraison !
— A bas l'Ancien Testament !
— A bas le Nouveau Testament !

1. Mouvement contre l'autodestruction de l'église.

— Vive l'autre!

— Quel autre?

— Il y a bien eu la Nouvelle Nouvelle Revue Française, pourquoi pas le Nouveau Nouveau Testament?

Tous en viennent aux mains. Arrivent alors, en travesti, des apparitions musclées, saint Michel terrassier de la rue du Dragon, saint Ouen du Marché Opus, saint Tignasse de Loyola et beaucoup d'autres qu'il serait oiseux de citer.

L'ordre est rétabli, on emporte les blessés, le calme revient et le Recteur Dieu, aussi calme que ce calme, s'adresse à la turbulente petite foule :

LE RECTEUR DIEU

— En somme, si j'ai bien compris, et cela me paraît fort grave, il y en a parmi vous qui veulent révolutionner l'Évangile.

— Non, nous voulons évangéliser la révolution!

LE RECTEUR DIEU

— Ah bon!

Il sourit, se lève et sort, visiblement très content des autres comme de lui.

VULGAIRES

LES FAUSSES SCEPTIQUES
(LA VIE MONDAINE)

Ballet

PREMIER TABLEAU

Une grande ville.

Une dame est là avec ses invités.

On commente les journaux, les lisant et les relisant à haute voix.

On est surpris.

Les journaux annoncent que de très singuliers orages ont éclaté dans le monde, en Californie, au Japon, en Espagne, au Guatemala et même déjà un peu partout ailleurs aussi.

D'étranges nuages, une pluie diluvienne et malodorante.

Les articles très documentés et fort scientifiques précisent que des savants, dont on ne peut mettre la parole en doute, affirment qu'il s'agit là de matières fécales !

Ces messieurs sont très intrigués et légèrement

inquiets et ces dames sont sceptiques, mais très intéressées.

— Rendez-vous compte : si c'était vrai, mais cela serait du tonnerre !

— Et c'est une façon de parler !

Et tous les invités qui vont se retirer prennent congé.

L'un d'eux, sur le seuil de la porte, avec un doux sourire étend la main, comme on étend la main pour voir si par hasard il ne pleut pas.

Soudain, il retire la main, la porte à ses narines et, douloureusement affecté, tend cette main vers le groupe, le prenant silencieusement à témoin.

Les journaux n'avaient pas menti, il faut se rendre à l'évidence.

— Mais à qui voulez-vous faire admettre pareille billevesée ?

— Cela sent la fin du monde et du nôtre tout particulièrement !

— Cela serait joli, après nous le déluge et surtout celui-ci !

Ainsi parlant les dames hument l'air en sortant, très délicatement.

Et l'une d'elles ajoute en souriant :

— Tout de même cela serait peut-être fol-le-ment a-mu-sant !

Le rideau tombe.

La merde aussi.

SECOND TABLEAU

Le temps a passé, de plus en plus mauvais.

La dame est toujours chez elle et c'est encore aujourd'hui son jour de réception.

Les invités reviennent et d'autres s'en vont.

Les messieurs avec leur impermerdable, les dames avec de ravissants paramerdes.

Comme les vidangeurs sont en grève et ne travaillent que chez eux, des jeunes gens fort tumultueux font de menaçants moulinets avec leur canne, leur bâton merdeux !

Mais l'on parle comme auparavant de la pluie et du bon vieux temps.

— Cela devait arriver, disent les dames, on vous l'avait bien dit !

Et comme cela se passe en France, de nos jours, et aux environs de Paris, la conversation est spirituelle et l'on cite les tout derniers échos du Barbier de Séville littéraire.

« Tout ce qui tombe ailleurs sent beaucoup moins mauvais qu'ici.

« Il n'est bonne merde que de Paris ! »

Mais personne ne parle du Père Ubu qui lui
merdre
avait tout prévu tout prédit.

TROISIÈME ET DERNIER
ET ÉDIFIANT TABLEAU

Apothéose finale où tout finit par des chansons, en l'occurrence des cantiques entonnés à l'unisson.

Dans le fond du décor, le Sacré-Cœur tout noir laisse à grand-peine apercevoir quelques pans de mur encore presque blancs.

Nous sommes à Montmartre où déjà bientôt c'est l'été mais, comme neige en hiver, la merde ne cesse de tomber.

Et c'est un pieux pèlerinage, mais c'est toujours le gay Paris, élégant, insouciant et joyeux.

Et pèlerins et pèlerines, juchés sur des échasses d'un goût tellement sûr et tellement raffiné, s'en vont chantant, musique en tête, implorant la fin du déluge, quémandant l'arc-en-ciel de Dieu.

S'en vont chantant et défilant dans la rue du Chevalier Merdeux[1].

1. C'est ainsi que le grand écrivain catholique, Léon Bloy, avait rebaptisé la rue du Chevalier-de-la-Barre, où il habitait en 1909.
   Il l'appelait aussi, en des moments plus gais, rue de ce polisson de Chevalier (voir « Mercure de France », 1er juillet 1951, Lettres à Léon Bellé).

A LA COUR DE RUSSIE

. . . .

« Une omission de ma part me valut un des
moments les plus désagréables de ma carrière péda-
gogique ; mais grâce à la présence d'esprit de l'empereur, tout se termina mieux que je n'aurais pu le
craindre.

Olga Nicolaïevna lisait LES MISÉRABLES et
était arrivée à la description de la bataille de
Waterloo. Au début de la leçon elle me remit, selon sa
coutume, la liste des mots qu'elle n'avait pas compris.
Quel ne fut pas mon effroi d'y voir en toutes lettres le
mot qui fit la gloire du héros qui commandait la
garde. J'étais sûr pourtant d'avoir pris toutes mes
précautions... Je demande le livre pour vérifier mes
annotations et je constate mon incroyable oubli.
Pour éviter une explication délicate, je biffe le mot
malencontreux et je rends la feuille à Olga Nicolaïevna qui s'écrie :

— Tiens ! Vous avez biffé le mot que je suis allée
demander hier à papa !

La foudre tombant à mes pieds ne m'eût pas
donné de commotion plus violente...

— Comment, vous avez...

— Mais oui, et il m'a répondu, après m'avoir demandé comment je le savais, que c'était un terme très énergique qu'il ne fallait pas répéter, mais que dans la bouche de ce général c'était le plus beau mot de la langue française.

Quelques heures plus tard, à la promenade, je rencontrai l'empereur dans le parc; il me prit à l'écart et, du ton le plus sérieux, me dit :

— Monsieur, vous apprenez à mes filles un étrange vocabulaire...

Je m'embarrassai dans des explications confuses. Mais l'empereur, éclatant de rire, reprit :

— Allons, Monsieur, ne vous tourmentez pas, j'ai très bien compris ce qui s'était passé, et j'ai répondu à ma fille que c'est là un des titres de gloire de l'armée française. »

(LE TRAGIQUE DESTIN DE NICOLAS II
ET DE SA FAMILLE,
par Pierre Gilliard, ancien précepteur
du grand-duc héritier Alexis Nicolaïevitch.)

LE PLAN

Dans le cul d'un noir un diamant de la couronne blanche.

NAPOLÉON Ier

Homme de sacre et de code.

POUR LE PLUS GRAND BIEN
DE L'EMPIRE

Les expéditions coloniales étaient toujours accompagnées, suivies ou précédées d'expéditions canoniales.

ORDONNANCE

Etiquette :
1° Agiter avant de s'en servir.
2° Ordonner le désordre.
3° Ordonner l'ordre jusqu'à nouvel ordre.

ÉROS

Il venge Ève.

> (« Paroles des Vents », GILLES.)

URANIUM PLUTONIUM DÉLIRIUM

Un anticorps tombe dans l'antitombe.

> (Professeur MACKY,
> « Opéra des quatre millionièmes dessous ».)

LE RACKET DU GRAAL

Dieu a voulu racheter tous les hommes, et les rats d'église, les rats d'autel et tous les rats-quêteurs se sont répandus sur toute la surface du globe.

Mais où Diable avait-il acheté tous ces gens-là [1] ?

LOOPING

Du brasero de la vie dans les draps heureux de l'amour au grand zéro de la mort.

MINISTÈRE DE LUDIQUE-ACTION-PUBLIQUE

Art. I :

L'enfant n'a pas de contrat, il n'a pas signé son acte de naissance. Il est libre de refuser tôt ou tard l'âge qu'on « lui donne » et d'en choisir un autre, d'en

---

1. Anciennement, en France, tous les crimes excepté celui d'État, se rachetaient à prix d'argent.

> (FRANÇOIS POULLAIN DE SAINT-FOIX,
> 1698-1776, « Essais historiques ».)

changer selon ses désirs, comme de le garder le temps qu'il lui plaît.

TROPHÉE

Saint Hubert dort du sommeil du juste, mais sur une seule de ses oreilles. Une merveilleuse tête de cerf mort lui sert de patère, à laquelle son auréole de cuivre est accrochée.

PAPILLES

L'homme n'aime pas la langue vivante et c'est parée, cuite à point et braisée, qu'il reçoit dans son palais la langue morte du taureau castré que le chef lui a préparée.

PAROISSES

Un maréchal plante un cierge à Notre-Dame-des-Défaites.
Un général fauche le cierge et va le planter à Notre-Dame-des-Victoires.

SCOLARITÉ

Le fils : « Si tu me fais mon devoir de maths, je te ferai ton devoir conjugal. »

SIGNES DU TEMPS

A Paris, peu à peu les marchandes de quat'saisons disparaissent. Les saisons aussi.

DIVINS POISONS

Aux culs rares les flèches d'Éros.

EURÊKA

Œufs carrés !

A L'INFINI

Sa sœur : « A quoi penses-tu, Blaise ? »
Pascal : « A rien. »
Sa sœur : « C'est bien ce que je pensais. »

PÂQUES EN THÉOPHAGIE

Le matin
ils ont mangé leur dieu
A midi
ils ont mangé mon amoureux.
(PASCALE L'AGNELLE)

LE FACTEUR DEUIL

Cela fait des années que je reçois la même lettre
de faire-part : Dieu est mort.

C'est étonnant, cette personne n'est ni un ami, ni
un parent et je ne la connais ni d'Ève ni d'Adam.

MÉTAPHYSIQUE

Tout cela pour dire comment ils ne savent pas
pourquoi.

Si tu mets ta physique à l'envers, je remets ta chimie à l'endroit.

(Évangile selon saint Éloi)

PATHOS-LOGIE

Ma logique n'est pas ta logique, pourtant elle est alogique.

LE CIEL

Des nuées de toute importance.
Aucun oiseau ne fait son nid dans les nuages.

LE GRAND BESOGNEUX

Dieu a besoin des hommes, mais les hommes n'ont pas besoin de lui.

IDIOPATHIE

Dictionnaire : « Maladie qui existe par elle-même et ne dépend d'aucune autre affection. »
Voir « Déisme ».

FAMILLE

La France est la fille aînée de l'Église et Jésus-Christ le cadet de mes soucis.

BEATILLES

Oraison jaculatoire : prière courte qu'on adresse au ciel avec un vif élan du cœur.

Éjaculation : nom donné à certaines prières fer-
ventes, qui se prononcent à quelque occasion passa-
gère comme si elles se lançaient vers le ciel.

Beatilles : petits ouvrages qu'on fait dans les
couvents.

(Larousse pour tous)

DÉCÈS

Il est mort, pourquoi irais-je à son enterrement
puisque, j'en suis certain, il n'ira pas au mien ?

ÉTUDE ANATHÉMATIQUE
DE LA MAUVAISE DICTION DIVINE

Un seul Dieu tu abhorreras.

Ce lapsus dei est un exemple typique d'automaso-
chisme divin.

LA REVUE

Un enfant (regardant le défilé) :
        Où vont-ils ?
Un monsieur décoré, trépidant et enthousiasmé :
        Rendre la Bastille !

(14 juillet 1968)

L'HOMME AU COURANT

Son père avait le temps de lire le Temps, lui a
seulement celui de parcourir le Monde.

LES BÂILLONS DE LA CHAÎNE

Seuls ceux qui ont un bœuf sur la langue ont le droit de parler aux veaux.

L'ÉCOLE MILITAIRE

Le Président colonel : « Maréchal, vous me ferez une page de bâtons ! »

Le Maréchal claque des talons et s'assoit derrière son pupitre.

FÊTES A SOUHAITER
... SI L'HISTOIRE SUIT SON COURS

1979 : centenaire de Staline.
1983 : centenaire de Mussolini.
1989 : centenaire de Salazar.
1990 : centenaire de De Gaulle.
1992 : centenaire de Franco.
2069 : tricentenaire de Napoléon Ier.

PENSE-BÊTE

Le collégien faisait un nœud à son mouchoir pour ne pas oublier qu'il devait faire un pense-homme.

TRANQUILLISANTS

Messieurs, ne vous inquiétez pas, l'actionnariat du prolétariat n'a rien à voir avec la paupérisation du patronat.

LA CLASSE HANTÉE

Les vacances sont finies : Le spectre scolaire apparaît.

FORCE DE FRAPPE

Frapper les enfants, les femmes, les hommes, puis frapper la nature.

Et frapper la monnaie.

TOURISME PONTIFICAL

C'est sans doute celui qui n'a jamais péché qui lui a jeté la première pierre.

(Sardaigne, avril 1970)

DE L'HABITAT

Diogène vivait dans un tonneau, Jonas dans une baleine et saint Bernard l'Hermite dans une coquille. Pourquoi ces gens ne vivaient-ils pas dans leurs bidonvilles ?

(Traité de sociologie par un maréchal des logis sociaux)

MOUVEMENT DES NAVIRES

Les bras en croix, debout sur un paquet de mer, celui qui marche sur l'eau dirige la circulation des flots ; et passent Caron dans sa barque, Moïse dans son berceau, Noé dans son arche, Jonas dans sa baleine, Diogène dans son tonneau et dans son Nautilus le capitaine Némo.

EN CLASSE

L'horrible bruit du mot : Silence! dans le tumulte de l'enfance.

LE VAUTOUR

Un oiseau qui promettait.

EN FOI DE QUOI...

Et le songe devient fable, la fable devient mensonge, le mensonge devient loi et la loi devient foi.

FOLISOPHIE

Celle qu'on interne rarement.

AUX GRANDS MAUX...

Pour avoir la paix, ils n'ont rien trouvé de mieux que de faire la guerre à la guerre.

L'ÉDUCATION NATIONALE

Tout condamné à vivre aura la tête bourrée.

DRESSAGE

On dresse les enfants, mais quand l'un d'eux est plié en deux par le fou rire lucide et clair, éblouissant, on le soumet au redressement.

Et ça ne doit pas faire un pli.

SUPERSTITION DES GRANDS

Quelque chose me dit que, cette année, le 14 juillet tombera un vendredi 13.

(Prémonition attribuée à Louis XVI.)

RÉSUMÉ DE FILM

(Film biblique)

Dieu pique une crise de colère divine, découvrant que Salomon trompe son harem avec la Reine de Saba.

FILM D'ÉPOUVANTE

(recommandé pour patronages et Clubs du Bon Cinéma)

NOOSPHERATU

(Mise en Cène : Révérend Père Th. de C.)

LES JOYEUX DRILLES

Luther et Calvin
Calvin et Luther
Calvaire et lutins.

LA SUITE DANS LES IDÉES

Il suivait son idée. C'était une idée fixe, et il était surpris de ne pas avancer.

EN CHAÎNE

La révolution déchaîne la réaction et la réaction enchaîne la révolution et la révolution se déchaîne et enchaîne la réaction et la réaction…

QUESTIONNE-ÈRE

A quel âge, en quelles années lumière, la lune a-t-elle perdu sa mer?

Vous qui appelez terre la terre de la Terre, appellerez-vous lune la lune de la Lune?

LA LIBRE FORÊT

Ni science ni homme
Ni homme ni potence
ni omniscience
ni omnipotence.

ADAGE

Ni
Dieu
Ni
Maître

Mieux
D'être.

(Agram l'âne)

ESCALES

Il a jeté son encre
aux îles Atoulu
aux îles Atouvu
aux îles Atousu
aux îles Atouvoulu
Et terminé ses jours
aux îles Napavécu.

193

A MAUVAIS OISEAUX
MAUVAISES GRAINES

La dépigeonnisation n'est pas la guerre.

Mais n'oublions jamais que la colombe de la paix s'est oubliée sur nos monuments aux morts.

JEUX DE VILAINS

Victor Hugo, qui ne se gênait pas pour en faire, disait des jeux de mots que c'était « la fiente de l'esprit ».

Mais quand Jésus-Christ en faisait lui aussi : « Pierre, tu es pierre et sur cette pierre... »

Victor Hugo ne disait pas que c'était la fiente du Saint-Esprit.

A QUELQUES-UNS

Vous qui tirez parti de votre parti, vous nous prenez à partie, nous accusant de parti pris parce que nous ne prenons pas parti.

Nous n'en prenons pas notre parti.

PRÉ-CENTENAIRE
(1969)

Déjà se dessinent les premiers plans des grands travaux de réinstallinisation.

Autrefois Stalingrad s'appelait Tzaritzine et le pic Staline, dans le Pamir, est le point culminant de l'U.R.S.S., 7 495 mètres.

DES PARADIS ARTIFICIELS

Qu'il voyage en Caravelle, en Jaguar, en métro, en bus, en D.S. ou en L.S.D., le con est toujours aussi con et quel que soit le trajet.

LE SAVOIR-VIVRE

Rire de mourir et mourir de rire.

LUNULES

Il avait tué sa femme et se rongeait les ongles frénétiquement en espérant voir pousser imperceptiblement ceux de la morte couchée sur le divan.

LE SACRÉ

Supersubstitution de la superstition.

REFRAIN VIETNAMIEN

Vive Dieu bien fou !

LE REMORDS

Que les poils de ma queue portent bonheur aux éléphants ! dit le vieux chasseur en mourant.

DE L'EUROPÉISME

En Mongolie, les savants appellent européens les enfants atteints d'arriération intellectuelle profonde mais non héréditaire et dont le faciès présente d'inquiétantes anomalies : yeux ronds exorbités et appendice nasal démesuré.

ÉCONOMIE MILITAIRE

Couteaux généreux supprimant les généraux coûteux.

PRESTIDIGICOGITATION

Toutes les idées seront généralisées, au premier chef l'idée de liberté.

FOULE SANS FIN

Saoule de soif
Folle de faim
Foule sans pain
Saoule sans vin.

TROPHÉES ET PERTES

Saciété des notions
Société de nations
et de détonations
Société de cons
et de sommations.

VELLÉITÉ DE PUISSANCE

A la tête de l'État
à la tête des états

à la tête de tous les états
à la tête de la Terre
Et de la terre sur la tête

ELECTRE CITY

Cité adverse
Perverse cité

Tes six pères verts
perversité

hurlent à la mort
hurlent à leur mère
l'adversité.

LE MALHEUR DES UNS...

En 1796, Napoléon Bonaparte épouse Joséphine Taschère de La Pagerie, veuve du vicomte de Beauharnais, exécuté en 1794 par la veuve Guillotin.
...Et elle est à double tranchant.

(GUILLOTIN)

RAISONS D'ÉTAT

En France, à cause des événements de Mai 68, le téléphone ne fonctionnait déjà plus pendant les années précédentes.

POUR LA BATTERIE

A Angela Davis.

Allez enfants de la batterie
après l'orage l'herbe saoule rit
l'amour de même après la tuerie

Smig
smag
slang
gang

Bang !

Un se débine de la caisse
un autre arrive et tape dessus
et c'est un air de corde de pendu
Et puis soudain un air si tendre
qu'on dirait que rien n'est perdu

Smig
smag
slang
gang

Bang !

Un air de rire tout blanc d'ivoire
et bleu d'amour et vert d'espoir
Et puis aussi tout rouge de sang
de sang joyeux noir et vivant

Smig
smag
slang
gang

Bang !

Allez enfants de la batterie
après l'orage l'herbe saoule rit
l'amour de même après la tuerie

C'est la musique de la jeunesse
contre la muraille du son
contre le mur du silence
du prudent silence des cons

Bang !

AU COIN D'UNE RUE

Il est midi, tout est tout noir
et soudain rouge de temps en temps
Au coin d'une rue qu'existe plus
la mort se promène comme chez elle.

Moi j'm'en fous, j'attends l'arc-en-ciel
et l'arc-en-ciel, c'est mon amant
L'amour se cache n'importe où
l'amour se trouve n'importe quand
l'amour se fait n'importe comment
l'amour est plus jeune que la mort
même s'ils ont vu le jour en même temps
Au coin d'une rue qu'existe plus
qui vient de partir à l'instant
la mort fait la retape, le ruban.

Moi j'm'en fous, j'attends mon amant
Je suis sûre qu'aujourd'hui, pour elle
ça sera sûrement pas un client.

LE BOUQUET

Pour toi pour moi
loin de moi près de toi
avec toi contre moi
chaque battement de mon cœur
est une fleur arrosée par ton sang
Chaque battement c'est le tien
chaque battement c'est le mien
par tous les temps tout le temps
La vie est une fleuriste
la mort un jardinier
Mais la fleuriste n'est pas triste
le jardinier n'est pas méchant
le bouquet est trop rouge
et le sang trop vivant
la fleuriste sourit
le jardinier attend
et dit Vous avez le temps !
Chaque battement de nos cœurs
est une fleur arrosée par le sang
par le tien par le mien
par le même en même temps.

RAIN SONG

Rain rain rain
il pleut des cats
il pleut des dogs
il pleut des boys et des girls
il pleut des reines et des putains
des chiens savants
des chats rouquins

Rain rain rain rain
Green green green green
green frog frog green
It's raining napalm
bombs and baïonnettes
It's raining
blood and death
Il flotte il flotte
tout time tout l'temps
Rain rain rain rain
et pluie et pluie
et puis et puis...
Et puis love dream
mile et sunshine
de time en temps.

TANT BIEN QUE MAL

Ils sont marrants les êtres
Vous tout comme moi
Moi tout comme vous
Et c'est pas du théâtre
c'est la vie
c'est partout

Ils sont marrants les êtres
En entrant chez les autres
il y en a qui tombent bien
il y en a qui tombent mal
A celui qui tombe bien
on dit Vous tombez bien
et on lui offre à boire
et une chaise où s'asseoir
A celui qui tombe mal
personne ne lui dit rien
Ils sont marrants les êtres
qui tombent chez les uns
qui tombent chez les autres
ils sont marrants les êtres
Celui qui tombe mal
une fois la porte au nez

retombe dans l'escalier
et l'autre passe dessus
à grandes enjambées
Quand il regagne la rue
après s'être relevé
il passe inaperçu
oublié effacé
La pluie tombe sur lui
et tombe aussi la nuit

Ils sont marrants les êtres
Ils tombent ils tombent toujours
ils tombent comme la nuit
et se lèvent comme le jour.

HYDE PARK

Comme la mer aussi bien se roule sur le sable
ici les amoureux agissent comme bon leur semble

Et nul ne leur demande
si c'est pour une nuit ou bien pour un moment
Personne ne leur parle du prix de cette chambre
    de velours vert vivant

Hyde and Jekyll Park
éden public où l'on entend jour et nuit en sourdine
    le Devil save the Dream.

LA SEINE A RENCONTRÉ PARIS

Qui est là
toujours là dans la ville
et qui pourtant sans cesse arrive
et qui pourtant sans cesse s'en va

C'est un fleuve
répond un enfant
un devineur de devinettes
Et puis l'œil brillant il ajoute
Et le fleuve s'appelle la Seine
quand la ville s'appelle Paris
et la Seine c'est comme une personne
Des fois elle court elle va très vite
elle presse le pas quand tombe le soir
Des fois au printemps elle s'arrête
et vous regarde comme un miroir
et elle pleure si vous pleurez
ou sourit pour vous consoler
et toujours elle éclate de rire
quand arrive le soleil d'été
La Seine dit un chat
c'est une chatte
elle ronronne en me frôlant

Ou peut-être que c'est une souris
qui joue avec moi puis s'enfuit
La Seine c'est une belle fille de dans le temps
une jolie fille du French Cancan
dit un très vieil Old Man River
un gentleman de la misère
et dans l'écume du sillage
d'un lui aussi très vieux chaland
il retrouve les galantes images
du bon vieux temps tout froufroutant

La Seine
dit un manœuvre
un homme de peine de rêves de muscles et de sueur
La Seine c'est une usine
La Seine c'est le labeur
En amont en aval toujours la même manivelle
des fortunes de pinard de charbon et de blé
qui remontent et descendent le fleuve
en suivant le cours de la Bourse
des fortunes de bouteilles et de verre brisé
des trésors de ferraille rouillée
de vieux lits-cages abandonnés
ré-cu-pé-rés
La Seine
c'est une usine
même quand c'est la fraîcheur
c'est toujours le labeur
c'est une chanson qui coule de source
Elle a la voix de la jeunesse
dit une amoureuse en souriant
une amoureuse du Vert-Galant
Une amoureuse de l'île des cygnes
se dit la même chose en rêvant

La Seine
je la connais comme si je l'avais faite
dit un pilote de remorqueur au bleu de chauffe
    tout bariolé
tout bariolé de mazout et de soleil et de fumée
Un jour elle est folle de son corps
elle appelle ça le mascaret
le lendemain elle roupille comme un loir
et c'est tout comme un parquet bien briqué
Scabreuse dangereuse tumultueuse et rêveuse
    par-dessus le marché
Voilà comment qu'elle est
Malice caresse romance tendresse caprice
vacherie paresse
Si ça vous intéresse c'est son vrai pedigree

La Seine
c'est un fleuve comme un autre
dit d'une voix désabusée un monsieur correct et
    blasé
l'un des tout premiers passagers du grand tout
    dernier bateau-mouche touristique et pasteurisé
un fleuve avec des ponts des docks des quais
un fleuve avec des remous des égouts et de temps à
    autre un noyé
quand ce n'est pas un chien crevé
avec des pêcheurs à la ligne
et qui n'attrapent rien jamais
un fleuve comme un autre et je suis le premier à le
    déplorer

Et la Seine qui l'entend sourit
et puis s'éloigne en chantonnant
Un fleuve comme un autre comme un autre comme
    un autre

un cours d'eau comme un autre cours d'eau
d'eau des glaciers et des torrents
et des lacs souterrains et des neiges fondues
des nuages disparus
Un fleuve comme un autre
comme la Durance ou le Guadalquivir
ou l'Amazone ou la Moselle
le Rhin la Tamise ou le Nil
Un fleuve comme le fleuve Amour
comme le fleuve Amour
chante la Seine épanouie
et la nuit la Voix lactée l'accompagne de sa tendre
    rumeur dorée
et aussi la voix ferrée de son doux fracas coutumier

Comme le fleuve Amour
vous l'entendez la belle
vous l'entendez roucouler
dit un grand seigneur des berges
un estivant du quai de la Rapée
le fleuve Amour
tu parles si je m'en balance
c'est pas un fleuve la Seine
c'est l'amour en personne
c'est ma petite rivière à moi
mon petit point du jour
mon petit tour du monde
les vacances de ma vie
Et le Louvre avec les Tuileries la Tour Eiffel la Tour
    Pointue et Notre-Dame de l'Obélisque
la gare de Lyon ou d'Austerlitz
c'est mes châteaux de la Loire
la Seine
c'est ma Riviera
et moi je suis son vrai touriste

Et quand elle coule froide et nue en hurlant plainte
    contre inconnu
faudrait que j'aie mauvaise mémoire
pour l'appeler détresse misère ou désespoir
Faut tout de même pas confondre les contes de fées et
    les cauchemars
Aussi
quand dessous le Pont-Neuf le vent du dernier jour
    soufflera ma bougie
quand je me retirerai des affaires de la vie
quand je serai définitivement à mon aise
au grand palace des allongés
à Bagneux au Père-Lachaise
je sourirai et me dirai

Il était une fois la Seine
il était une fois
il était une fois l'amour
il était une fois le malheur
et une autre fois l'oubli

Il était une fois la Seine
il était une fois la vie

NE RÊVEZ PAS

(L'ordinateur)

Ne rêvez pas
pointez
grattez vaquez marnez bossez trimez
Ne rêvez pas
l'électronique rêvera pour vous
Ne lisez pas
l'électrolyseur lira pour vous
Ne faites pas l'amour
l'électrocoïtal le fera pour vous

Pointez
grattez vaquez marnez bossez trimez
Ne vous reposez pas
le Travail repose sur vous.

LE DÉFILE

Novembre, sous Charles, le 11.

C'est l'anniversaire de l'armistice 18 et c'est aussi celui de Charles Baudelaire. Aussi la musique militaire depuis Vincennes jusqu'à la République, verse-t-elle l'héroïsme au cœur des citadins.

Pour célébrer la paix, on fait fête à la guerre.

Précédant les chars de l'État, des gendarmes imberbes déguisés en poilus de 14, en soldats inconnus, en fusillés de 17, les uns rouges jusqu'à la ceinture, les autres bleu horizon de la tête aux pieds, marquent le pas.

C'est comme la Mi-Carême, ou le Mardi-Gras d'autrefois : des chars, des travestis, une vraie chienlit, mais les serpentins et les confetti sont interdits.

MAI 1968

I

On ferme !
Cri du cœur des gardiens du musée homme usé
Cri du cœur à greffer
à rafistoler
Cri d'un cœur exténué
On ferme !
On ferme la Cinémathèque et la Sorbonne avec
On ferme !
On verrouille l'espoir
On cloître les idées
On ferme !
O.R.T.F. bouclée
Vérités séquestrées
Jeunesse bâillonnée
On ferme !
Et si la jeunesse ouvre la bouche
par la force des choses
par les forces de l'ordre
on la lui fait fermer
On ferme !
Mais la jeunesse à terre

matraquée piétinée
gazée et aveuglée
se relève pour forcer les grandes portes ouvertes
les portes d'un passé mensonger
périmé
On ouvre !
On ouvre sur la vie
la solidarité
et sur la liberté de la lucidité.

II

Des gens s'indignent que l'Odéon soit occupé alors qu'ils trouvent encore tout naturel qu'un acteur occupe, tout seul, la Tragi-Comédie-Française depuis de longues années afin de jouer, en matinée, nuit et soirée, et à bureaux fermés, le rôle de sa vie, l'Homme providentiel, héros d'un très vieux drame du répertoire universel : l'Histoire antienne.

LA FLEUR

Dans un pot de fer
des grenades
Dans un pot de terre
une fleur.

La fleur ancienne
toute neuve
Folle comme avoine
lucide comme blé
ou riz
Vraie comme rêve
belle comme amour
rouge comme toujours.

Dans un pot de fer
des grenades
Dans un pot de terre
une fleur.

La fleur libre et véritable
indispensable
utile comme pain
utile comme vin

juste colère larmes et rires
ou fol espoir
Dans un pot de fer
des grenades
Dans un pot de terre
une fleur.

La fleur interdite de séjour
la fleur rebelle à la lobotanique
réfractaire à l'ortie-culture
La fleur du libre-savoir et des vérités ouvrières
La fleur de n'importe qui quand n'importe qui c'est
    quelqu'un
la fleur aux couleurs éclatantes et qui éclate n'im-
    porte où
quand n'importe où c'est partout
éclate de vivre
éclate de rire
et d'inquiétude
et de détresse aussi.
Dans le pot de fer
des grenades
lancées par des grenadiers
Dans le pot de terre
la fleur
défendue par ses jardiniers.

ANGELA DAVIS

Sa tête, sa jolie tête était mise à prix aux enchères du malheur, du grand malheur déo-légal, dei dollar, haineux, raciste, con. Aujourd'hui, sous les verrous, derrière les barreaux, elle est sous bonne garde, la garde d'horreur. L'horreur stupide, blême et quotidienne.

Angela Davis est professeur. Et les très riches et très honorables citoyens qui seront choisis pour faire partie du grand jury blanc, furieux de la savoir, et bien mieux qu'eux, capable de culture blanche, la déclarent, d'avance, coupable de culture noire, sans même attendre que tinte sur le plancher du tribunal la fausse monnaie : les pièces du procès.

La culture noire.

Ils ne croient pas si bien dire et s'ils étaient capables de comprendre LES FRÈRES DE SOLEDAD, le livre de George Jackson, ils auraient stupeur et angoisse en réalisant ce qu'un tout jeune garçon noir peut apprendre, savoir, et dire, et écrire, sans autre professeur que lui-même, et dans la plus cruelle solitude, en évitant chaque jour, chaque heure, les misérables pièges de la plus sordide provocation. Pour lui, comme pour Angela Davis et tant d'autres, la culture noire c'est d'abord de savoir et faire savoir que Sam, l'oncle à héritage, n'a pas oublié les Noirs dans son ancien comme dans son nouveau testament : « Vous serez élevés dans du coton, mais vous travaillerez à la sueur de votre front, non pas comme les Blancs, parfois tout de même un peu tranquillement, mais " comme des nègres ", et votre sueur sera du sang. Bien sûr, l'esclavage sera aboli, mais ce sera façon de parler, de légiférer, ce sera tout simplement, comme l'air pollué, conditionné. »

Et de savoir aussi qu'un peu partout se dressent encore des potences, s'ouvrent des chambres à gaz, que la chaise électrique comme la statue de la Liberté font partie du Mobilier national et que les bourreaux, pour bien gagner leur maxi-maximum vital se lèvent avec le jour pour le labeur matinal : les exécutions-capital.

Ainsi va la vie, ainsi va la mort aux États-Unis.

Mais Angela Davis, dans sa prison, écoute sans pouvoir les entendre, et peut-être en souriant, les chansons de ses frères de joie, de rire et de chagrin, et les refrains marrants des enfants du ghetto :

Ceux qui enferment les autres sentent le renfermé
ceux qui sont enfermés sentent la liberté.

Angela Davis, c'est la générosité, la lucidité, la vie vraie.

Il ne faut absolument pas qu'elle puisse être condamnée.

Quand on la jugera, des témoins viendront, c'est connu d'avance, des témoins achetés, vendus ou loués comme on en loue pour les mariages à la porte des mairies, et ils jureront sur une bible de dire la vérité, toute la vérité, rien que la vérité. Angela Davis, elle, dira — si on la laisse parler — la liberté, toutes les libertés, pour ses frères et sœurs de couleur.

Évolution du rêve, rêve et révolution. Réalité.

Déjà des voix se font et se feront entendre de plus belle, des voix proches et lointaines, chaleureuses, populaires, menaçantes et efficaces aussi :

Frères ! Frères !

Le cri des marins du « Potemkine » surgissant de la bâche jetée sur eux comme un suaire était déjà le même cri que celui des Frères de Soledad :
Frères !
Écho des plus vieux cris multicolores, multicolères, des enfants de la terre. Il faut que les gens du Grand Jury blanc et leurs pareils prêtent l'oreille et qu'ils entendent ce cri, comme dans un coquillage les rumeurs de la mer.

Et que l'inquiétude les gagne et les contraigne à essayer, pour une fois, malgré eux, d'ouvrir les yeux, de voir clair.

Frères !

Eux qui ne sont que les frères d'armes des fabricants et des trafiquants d'armes du monde entier doivent rendre des comptes, c'est-à-dire se rendre compte combien il est absurde d'accuser une femme d'avoir acheté ici ou là ce qu'ils vendent partout ailleurs.

Il faut libérer Angela Davis — en attendant le jour où seront condamnées toutes les portes derrière lesquelles la vie noire est enfermée.

(Août 1971)

INTÉRIEUR AMÉRICAIN

Pour Antonio Recalcati.

New York, 1970.

Le temps passe sur la ville et soudain s'arrête et puis reste là, pendant des mois, avec un peintre, dans une chambre.

Oui, le temps s'installe pour un bon petit bout de temps et tient compagnie à ce peintre.

Et le peintre ne peut sortir, ou seulement de temps en temps.

Il n'a plus une minute à lui sauf celles de peindre cette chambre, pendant des heures.

Pourtant cette chambre, quel que soit l'étage, n'est pas, comme disent les grands favorisés de l'intellect, un haut lieu où souffle l'esprit, ni une mansarde de Mimi Pinson, un galetas de Série Noire, un pittoresque grenier de Greenwich Village, mais tout bonnement, tout cruellement, une chambre d'une si confortable et agressive banalité qu'on peut deviner que le peintre, avec elle, a un compte à régler et qu'il n'a pu en sortir avant d'avoir dit leurs quatre vérités — à chacun la sienne — aux murs dressés autour de lui comme des cheveux de peur sur une tête inquiète, lucide et révoltée.

Et le peintre reste dedans, sans ouvrir les fenêtres, ou la fenêtre, s'il n'y en a qu'une.

Dehors, il connaît.

A quoi bon découvrir une parcelle d'espace vert-de-gris meurtri par la poussière d'un soleil avili, et les lueurs vivantes de la ville effacées, gommées par le bruit.

Il connaît aussi bien les doucereuses et minables menaces de la nuit, quand chaque rue est une impasse, avec, masqué d'incurable détresse, un camé qui vous met sous la gorge le couteau ou sur le ventre le flingue du manque : « La charité et même si ça ne vous plaît pas, la charité ou mon rêve préfabriqué pire qu'un chien va crever. »

Le peintre qui s'appelle Antonio Recalcati, parce qu'il est né en Italie, connaît pourtant d'autres pays, avec des maisons et des chambres dans le ciment de l'ennui, il sait qu'aujourd'hui, le monde entier peut voir la terre en tiers, la face cachée de la terre, sa face de sang, de meurtre, de rapine et de guerre.

Et s'il écoute, à la télé, les slogans publicitaires : « Demain, vous serez Butane... Demain, vous serez Propane », il ajoute avec un triste sourire : « Demain, vous serez Napalm », et il tourne le bouton.

Mais quand dans son travail de peintre il évoquait le Viêt-nam, jamais, comme tant d'autres, il n'a pris ses toiles pour des cocktails Molotov ni son chevalet pour une barricade. Et quand il peint avec une violente et méprisante indifférence ce qui abîme la vie, malgré lui, enfin ce qu'on appelle lui et qu'il interpelle moi, il interrompt avec joie son auto tête-à-tête et dans la chambre peinte, les meubles, fauteuils, divans ne gardent pas l'empreinte d'un beau jeune homme vautré dans l'inquiétude et débagoulinant ses freudaines devant un magistrat de l'anxiété, mais simplement les traces de l'amour, au grand jour en pleine nuit, corps à corps, cœur à cœur, sang mêlé.

En peinture, comme en n'importe quelle langue vivante, l'amour s'appelle amour et appelle l'amour.

D'APRÈS NATURE

Labarthe peint.

D'après nature, naturellement.

Ses modèles peuvent venir, surgir de très loin ou de tout près, d'hier ou d'après-demain, peu lui importe, ils sont là et c'est l'essentiel.

Parfois, ils le font rire mais il éprouve pour eux de la tendresse, de l'amitié et il les peint tels qu'ils sont, inquiétants et scabreux, pitoyables et drôles, indéniables et charmants.

Et le portrait qu'il fait d'eux est toujours d'une invraisemblable ressemblance.

Ils sont là, au pied d'un mur jaune de fête ou bleu outre terre comme devant un ciel gris sournois ou égorge-pigeon et semblent obéir à la loi de la légère seconde plutôt qu'à celle de la pesanteur. Femmes, fillettes et enfants, chats et chiens et hommes, seuls et ensemble, vêtus ou nus, petits humains gentils et cruels comme tout, inexplicables comme n'importe qui ou quoi, ils ne semblent pas se demander s'ils seront reconnus d'étrangeté publique et n'ont, sans doute, aucun complexe de plausibilité. Sans qu'on les appelle, ils répondent : Présent ! Et leur présence sur chacune de leurs petites toiles est plus haute en couleur que, sur un écran de télévision, celle des grands humains sur la lune avec leur boîte à outils, leur brouette et leur drapeau. Ils sont là, comme ça, et n'ont pas attendu la fin du moi pour tirer leur épingle du je, pourtant ils ont leur quant-à-soi et si des connaisseurs picturaux et patentés ou d'innocents amateurs fourvoyés dans une galerie pas trop avancée leur rient au nez, aux fesses ou au museau, ils répondent à leur manière et il suffit de prêter l'œil pour les entendre : « La locomotive de votre insolence roule sur les rails de notre indifférence. »

Mais pour répondre à ce désarroi professionnel comme à cet innocent fourvoiement, Labarthe, comme le guide du château de Blois, montre et explique aux touristes l'armoire secrète des poisons Médicis et l'encoignure de la porte où le duc de Guise passa de vie à trépas, donne des titres explicatifs à ses tableaux.

Ce ne sont point titres de noblesse — pourtant Labarthe est grand seigneur — mais d'une si minutieuse et imprécise précision qu'on sait tout de suite d'où cela vient et où on va, même si l'on n'en revient pas :

« Femme avant de prendre feu. »
« Personnage lorsqu'il était plus petit. »
« Fillette sur son perchoir matinal. »
« Nu perdant le contrôle de soi-même. »
… et ainsi de suite.

Ainsi l'innocente ou agressive incompréhensibilité disparaît.

Nous sommes en pleine réalité.

Ce sont choses qui arrivent à des gens très bien et même très bien peints. Tout cela est vrai, aussi vrai

225

que la Vénus de Millet, l'Angélus de Milo ou le Sourire du chat de Chester.

Et quand ce chat donne la patte à Labarthe, c'est qu'il sait à qui il a affaire.

ROUGE

Pour Gérard Fromanger.

... Gérard Fromanger déjeunait dans un petit restaurant, non loin de chez lui, en face du marché, lorsqu'on entendit les pompiers.

Gérard, poursuivant son repas, écoutait le refrain rouge évoquant l'incendie quand un type du coin poussa la porte, entra et s'écria :

— Dis donc, le peintre, il y a le feu chez toi !

Incrédule d'abord et croyant à une bonne plaisanterie, « le peintre » sourit mais brusquement se leva.

On ne sait jamais, pourquoi pas ?

On ne sait jamais, c'était exact.

Son atelier achevait de flamber et tout son travail n'était plus que cendres mouillées.

Mais dans le gris de ces cendres, en s'en allant, le feu avait laissé une petite lueur pourpre.

Cette petite lueur pourpre éclaire les dernières toiles de Gérard Fromanger.

J. P.
(« Derrière le miroir »,
Paris, février 1965.)

Et cette lueur, bien vite, sera flamme et viendra lécher les toiles du peintre comme le feu, guidé par le vent, lèche en passant les murs des petits villages épargnés par les incendies de forêt.

Une flamme rouge.

Rouge, c'est un nom, mais comme Rose ou Blanche, cela pourrait être aussi un prénom et Gérard Fromanger pourrait tout aussi bien s'appeler Rouge Fromanger.

Cela lui irait comme un gant, un grand gant rouge semblable à ceux qui ornent encore, dans les quartiers oubliés, les boutiques des derniers teinturiers.

Tant d'autres ont le cœur noir, calculateur, le cœur ordinateur ; lui, il est rouge de cœur et le sang qui court dans ses veines le fait vivre, bel et bien rouge et vif, tendre et violent, au jour le jour comme le temps.

Et le temps peut courir très gai, se mettre au beau, s'arrêter pour se regarder passer et puis soudain foutre le camp, menaçant, dur et mauvais, Gérard Fromanger l'accompagne et, avec lui, bat la ville comme on bat la campagne.

La campagne.

Enfant, c'était pour lui la Normandie où il vécut de jeunes mais trop longues années en liberté restreinte, séquestré par l'Education.

Adolescent, la Normandie c'était parfois encore la Grande Chaumière où, jeune ogre, il croquait des modèles, femmes et filles, nues, jeunes ou vieilles, laides ou belles.

Quelques-unes, parmi elles, étaient pour lui « de la campagne » mais, rhabillées, maquillées, elles redevenaient de la ville et des rues.

Les rues, la rue.

C'est là qu'il mène sa vie de peintre tout comme dans son atelier, quand il en a un.

La rue, très vite il a compris que c'était le vrai Musée de l'Homme, bien que cette appellation, misogyniquement contrôlée, prête à rire.

Pourquoi pas, aussi et surtout, un Musée de la Femme? Il est vrai qu'en revanche, par un juste retour des choses on n'appelle aucun hôpital, aucune clinique, la Paternité.

Et Gérard Fromanger vit avec la peinture comme avec une femme, une belle fille, une fille secrète et publique, simplement mystérieuse, capricieuse, un peu folingue, mais belle comme tout, quand tout — cela arrive — est beau comme tout.

L'amour de la peinture, pour lui, même s'il dessine ou peint n'importe quoi plutôt que n'importe qui, c'est toujours la peinture de l'amour. La chanson le dit : « S'il y avait pas l'amour, ça serait quoi, la vie? »

Gérard Fromanger fait le portrait de cette vie, de sa vie et de sa jeunesse aussi.

Bien sûr, il n'est pas question de vivre de sa peinture, mais d'abord de la faire vivre et, fort heureusement, le spectre solaire, comme le fantôme lunaire, sont des revenants marrants, indifférents mais peut-être bienfaisants. La bonne étoile du jour est sœur des soleils de la nuit. Grâce à elle, dans les jours difficiles, la soif, la faim de peindre justifiant ses moyens de fortune, il trouve un marchand de couleurs, de toiles, de châssis qui jamais n'affiche pour lui, dans son magasin, le faire-part de mort de crédit.

Il dessine, il fait des affiches, des lithos et même un jour, il peint des oiseaux, des femmes, des poissons, des chevaux.

— Mais, c'est figuratif! lui disent des critiques ou des amis.

— Figuratif, répond Gérard, c'est un mot beaucoup trop abstrait pour moi, un mot velléitaire qui veut dire grand-chose mais n'y parvient guère, du raconte-art, comme l'art pour l'art, l'art pour l'or, l'art-tirelire, l'art mou, l'art dur, l'anti-art ou l'art-mort.

Ne sont-ils pas figuratifs, les figurants de la journalière Tragédie Comédie française, ces flics armés, casqués, qui entourent et surveillent un pauvre petit bal populaire, le 14 juillet?

Figures de quoi, à vous de voir, à vous de le dire.

— A vous de les peindre.

— Oui, mais concrètement, documentairement, et ils ne perdront rien pour attendre.

Et lui aussi, en attendant, il découpe du bois, du bois d'arbre et il le peint, excusez ce langage de prince, parce que tel est son bon plaisir.

Et ces bois en relief, il leur donne des titres où ils racontent leurs vies, en même temps qu'ils évoquent les incertitudes, les difficultés et les joies du travail bien fait.

L'un c'est « Tableau en colère », un autre la « Chute d'un Tableau », d'autres encore « Mon Tableau fuit » ou « Mon Tableau part en fumée ». La petite flamme rouge s'étale et prend toute la place sur la carte d'invitation d'un vernissage à Grenoble.

Le temps.

Je suis, tu es, il est, nous sommes et Gérard Fromanger aussi, en 1967.

1967, pourquoi dater ? Est-ce que je sais, enfin si je savais, ce serait trop long à expliquer.

1967, un point c'est tout et c'est là où le peintre fait un petit séjour en Normandie où, enfant, il a grandi.

C'est le retour à la nature, dit-il avec humour, un humour qui n'appartient qu'à lui.

Retour à la nature, retour de manivelle, retour de bâton ou éternel retour de la pêche au thon.

Retour à la terre, comme si on pouvait la quitter, comme si elle n'était pas partout cette amoureuse et généreuse fille mère qui n'a jamais, jamais connu son père.

— Le Père Éternel, et allez donc c'est pas mon père !

C'est moi qui suis éternelle et tant pis si c'est seulement pour un incertain certain temps.

Les deux pieds sur cette terre, Gérard Fromanger, dans une grange entre quatre murs, travaille d'après nature.

Et c'est bientôt, toujours sur bois peint et en relief, trente-deux paysages en voyage.

Eclaircies et orages, éclairs et nuages noirs, herbes et plantes, arbres et nuages, sombre soleil.

Heureuses recherches, tous ces paysages assemblés peuvent devenir un seul grand paysage intempérique, mouvementé, un paysage déchiré.

Mais déchiré non pas parce qu'il évoque les déchirants souvenirs d'enfance de Gérard Fromanger, puisque, aujourd'hui, elle est guérie et qu'il peut en rire mais pas sous cape, à voix basse, derrière les rideaux, dans le noir silence du dortoir, mais au grand jour, à l'air libre et inventer, proposer comme autrefois mais à voix haute, de très aimables devinettes.

— Combien, plus tard, aura de complexes d'Œdipe un enfant trop bien élevé par de trop nombreux Bons Pères?

De retour parmi les naturels de Paris, Paris sur la terre, il retrouve leur ville, sa ville, de plus en plus menacée par ses prometteurs, ses embellisseurs.

Elle est enfermée, piégée comme une belle femme de science-fiction dans un inquiétant institut de beauté future.

Mais on la rassure :

— Bien sûr, le traitement sera dur, mais on vous enlèvera vos rides, vos rues comme vos Halles aux fleurs et aux vins, et votre canal Saint-Martin.

Vos bidonvilles seront souterrains et comme la Foire à la Ferraille ou les dernières marchandes de quat'saisons, toutes vos verrues disparaîtront. La hiérarchiculture verticale réalise d'incessants progrès, bientôt Paris comme Plessis du vieux bon roi Louis XI s'appellera Paris-les-Tours et les cages seront surélevées, leurs barreaux améliorés.

Ce progrès est un cul-de-jatte, mais qui marche à pas de géant, et les couvreurs ne disent plus en parlant du toit des maisons que c'est « un rez-de-chaussée d'oiseaux ». Tout est déjà trop laid, trop loin, trop haut, les derniers moineaux s'en iront.

Tout cela, Gérard Fromanger le sait, alors il rêve que les dernières rues, encore intactes, s'appellent toutes rue des Beaux-Arts, rue des Arts pour la rue, rue des Arts dans la rue et, secondé, conseillé par des ouvriers vachement au courant du matérialisme plastique, il fait des sculptures pour la rue, des Souffles.

Et ces grands « objets d'art » sortent de l'usine comme l'œuf de la poule, mais avec un grand œil transparent sur deux pattes de fer, et deviennent l'objet non seulement de la curiosité mais bientôt de l'intérêt des passants.

Souffles de Sochaux, de Florence, de Flins et d'ailleurs. L'un d'eux est érigé dans le quatorzième sur un carrefour, devant une église et non loin d'une grande charcuterie qui, depuis des années, garde religieusement son chromo publicitaire. Peinture naïve, mais plutôt rusée où un brave paysan, traînant au bout d'une corde un cochon, lui dit avec un bon sourire :

— Pleure pas, grosse bête, on va chez Noblet.

La grosse bête l'écoute, résignée et malgré tout assez flattée et trouve que c'est bien poli d'avoir choisi pour l'égorger la plus noble des charcuteries, comme un conscrit inquiet mais fier d'être peut-être un jour appelé à mourir pour la plus grande des patries.

Mais ce jour-là, la grosse, la vieille bête n'attire l'attention de personne, tandis que le Souffle c'est une fenêtre ouverte sur de nouveaux aspects des choses et des gens, une autre couleur locale, d'autres dimensions que les dimensions rationnelles.

Devant elle c'est maintenant une petite foule de critiques d'art instantanés, c'est à eux qu'on s'adresse et sans intermédiaire. Tout de suite, beaucoup l'ont compris, c'est avec plaisir que, sur la voie publique, ils échangent leurs idées; et d'autres, à leur tour, traversent le carrefour pour participer eux aussi à la traversée du miroir.

Un jeune homme, d'un côté du Souffle, sourit à l'image d'une jolie fille qui, de l'autre côté, lui rend son sourire, allonge vers lui la main et découvre, surprise, que l'espace qui les sépare paraît plus profond qu'il ne semble.

Comme à n'en plus finir.

— On se croirait ailleurs, dit-elle, c'est drôle et beau en même temps.

Mais le commissaire de police du quartier est loin de partager cet avis.

— Pas de ça dans le quatorzième !

Ses gens, ses braves gens, surgissent, dispersent la foule, s'emparent de la chose, cette chose qu'on ne sait pas ce que c'est et qui ressemble à rien.

Sans même se demander si c'est de l'art ou du cochon de chez Noblet, ils la jettent dans leur car comme chien pour la fourrière ou garçon à cheveux longs pour Beaujon.

Démantibulé, le Souffle disparaît, mais sur une autre place, un autre est dressé et il a, heureuse coïncidence, sa plaque d'identité : Souffle de flics, c'est marqué et il est rouge, rouge Fromanger.

A l'heure pourpre, la flamme rouge a grandi.

Le peintre voit, chaque jour davantage, ce que beaucoup refusent de regarder en face et la manière d'annoncer leurs couleurs l'amuse mais souvent le met hors de lui.

Comme le rose, le bleu les rassure, mais le rouge les inquiète, leur fait peur.

Le bleu est aimable, le bleu, c'est la Grande Bleue, la mer tranquille quelque part, le petit bleu, lui, était un pneumatique, un message amoureux.

Il y a tant de bleus, bleu d'Auvergne, de caserne ou jadis ersatz de Dieu dans les bons vieux jurons irrespectueux, jernibleu, morbleu, sacrebleu, et le gros mangeur qui désire un steak saignant le commande bleu, peut-être pour oublier sa vraie couleur de sang. Mais autant demander un homard tricolore puisque « ces bêtes-là, ça se pêche bleu, s'ébouillante rouge et se mange blanc ».

Enfin, les couleurs comme les goûts se disputent et Dalton était peut-être un grand peintre à en croire un vieil ami, un érudit, le gros Larousse du vingtième qui dit que la lumière physiologique est ordinairement verte ou bleue et quelquefois rouge ou violette.

Mais, dans la Ville Lumière, quand les cars de l'ordre noir, jour et nuit sur le pied de guerre, de la rue de la Huchette à la rue de la Paix, disparaissent dans l'obscurité laissant de sombres flaques sur le trottoir, sur la chaussée, sans être peintre, artiste ou en bâtiment, il est facile de distinguer dans la pénombre leur vraie couleur, le rouge marcellin.

Rouge.

Sur le dérisoire tapis vert des derniers jeux de la misère, chaque jour le rouge gagne du terrain et, le bel Oiseau Bleu du conte, s'il est encore couleur du temps, c'est du temps rouge, du sombre temps, du temps couvert, couvert de sang.

Et de même que le bien du Zen ne peut rien contre le mal d'usine, un coup de rouge est un pauvre vaccin contre le noir lucide chagrin.

Chacun son rouge.

Celui de Fromanger n'est pas celui du Moulin de la place Blanche, ni des autobus de Londres qui circulent sans arrêt comme le sang avec un bref arrêt du cœur, pour monter dedans. Ce n'est pas non plus un rouge carotte à faire trotter les ânes, ni de muleta de corrida ou de flanelle au bout d'un bâton pour attirer les grenouilles.

Ce rouge n'est pas seulement le sien, mais celui des autres, proches ou lointains, c'est un rouge fraternel, solidaire et quand il fait paraître un grand album de sérigraphies, Rouge est son titre.

Rouge : Dix images de juste colère ouvrière devant la sauvagerie policière et dix images de drapeaux, emblèmes des plus glorieuses nations, et ces dix drapeaux affichés sur un mur crèvent ce mur comme au cinéma crève l'écran une image soudain belle et dure.

Une image rouge, rouge massacre, génocide, rouge Viêt-nam, rouge escalade, rouge Soledad, rouge Guevara, rouge Charonne, rouge Jaubert, rouge Burgos, rouge Colonel, rouge Bengali, rouge Tchad, rouge Soudan, Buda-Prague ou Arabunie et tant d'autres rouges comme celui de LA LETTRE ÉCARLATE de Nathaniel Hawthorne :

« Tous les fondateurs de colonies, ou de quelque cité illusoire de la vertu ou du bonheur, ont toujours, dès la première heure, senti le besoin de réserver une partie du sol encore vierge à l'emplacement d'un cimetière et une autre partie à la construction d'une prison. »

Sur chaque drapeau s'étale, déborde une tache de sang et peut-être que c'est la tache de sang intellectuel dont parlait Isidore Ducasse sans donner inutile précision, la tache de civilisation qui éclabousse aujourd'hui les maîtres à penser, à légitimer la tuerie mondiale, regrettable, bien sûr, mais indispensable et démocratiquement et démographiquement vitale. Sans épargner les très désintéressés serviteurs de la Science, les grands chercheurs biologiques qui, inlassablement, mettent au point de nouvelles armes bactériologiques et dans leurs laboratoires dressent comme puces à la foire, moustiques et mouches qui deviendront les très précieux colporteurs de virus, les minuscules pigeons voyageurs de la mort.

La mort.

La mort import-export et un peu partout tricolore, la France ayant glorieusement gagné la troisième médaille d'or aux Jeux Olympiques de cette mort usinée, trafiquée, internationalisée, sélectionnée par le Monde Libre, libre de tuer les plus lointains, les plus pauvres, les plus malheureux comme les plus courageux, tous coupables de savoir-vivre, de vouloir-vivre, de joie de vivre et de répondre oui à la vie quand elle remet tout en question.

La vie.

La vie qui n'en a rien à foutre de ces drapeaux, de ces bannières, de ces oriflammes ou ces fanions de la Légion. Il suffit de voir à Paris ces grands Seigneurs noirs en exil qui font la toilette du ruisseau pour comprendre que partout dans le monde une hampe à balai est un ustensile plus utile que n'importe quel manche à drapeau.

Drapeau, drapelets, draperie.

A en croire les aèdes de la gloire, mourir pour cette draperie, c'était le sort le plus beau.

Et dans tous les pays.

A chaque drapeau son hymne, sa chanson, ses couplets et refrains, ses paroles d'honneur militaire, de grandeur mortuaire, de liberté colonisée.

Mais cette musique anachronique ne verse plus « l'héroïsme au cœur des citadins ».

Jadis il pleuvait, il pleuvait bergère, l'orage grondait, l'éclair luisait, la trompette guerrière entonnait l'air des combats, les blancs moutons se croyaient des loups, de bons loups prêts à égorger les grands méchants loups d'à côté.

Aujourd'hui, ils connaissent les leurs, les vrais, les bons pasteurs, les vieux bergers étoilés qui voudraient bien, comme autrefois, les entraîner allègrement vers le charnier.

Mais ils n'osent ou ne veulent le dire, la force des choses les fait taire, la force armée et policière qui seule a droit de cité.

Seule la jeunesse a l'œil nu, l'oreille neuve, alors que le jour de gloire arrive, que Dieu sauve le roi, protège le franc des Francs ou le dollar comme il a protégé le Tsar, ces cantiques patriotiques la font rire à tout casser et si ce rire est trop violent, c'est parce qu'on l'a trop longtemps violentée.

Elle sait que « Dieu est un coffre-fort dont les pauvres n'auront jamais la clé [1] ».

Les drapeaux ont beau flotter comme la monnaie, comme des milliers de poissons morts sur les rivières sales et polluées, ou les épaves d'un chalutier coupé en deux par un sous-marin nucléaire, les plus libres parmi les enfants de la terre n'ont aucun saint à qui se vouer, aucun culte à rendre ni à emprunter, aucun oripeau à saluer.

---

1. Francis Picabia.

Seulement leur liberté à défendre, seulement leur vie à transformer, seulement l'amour à aimer.

Hymnen.

Un beau jour, un soir de fête, à Grenoble comme un peu plus tard à Paris, la jeunesse applaudit très fort, plus fort encore crie son plaisir.

Cette fête, c'est HYMNEN, un ballet de Stockhausen.

Les décors sont les drapeaux de Gérard Fromanger et leur tache sanglante c'est maintenant un pavé rouge dans la mare, les marécages du profit des grandes fabriques de mort subite au comptant ou à crédit.

La musique de Stockhausen dans un très bel et très crissant ensemble mêle, évoque, disperse, dissocie puis rassemble les hymnes des plus grands pays.

C'est une musique de haute lucidité qui irrite, met hors d'eux et sans trop savoir où aller les amateurs, les connaisseurs à l'ouïe trop mélomanisée.

Mais son agressive liberté guide les pas de deux et de tous, et c'est comme un rêve arrivé.

On entend la rumeur des rues qui dit que rien n'est perdu ; les danseurs ont repris du poil de la bête, les danseuses de la plume de l'oiseau, leurs costumes arborent les couleurs du bonheur, sur les visages de la danse, le rouge malheur est effacé, le rouge heureux fait son entrée.

Le rouge de la vie épargnée, celui que bientôt choisira Gérard Fromanger pour peindre le sang sain et sauf, le sang quotidien des ombres vivantes des passants du boulevard des Italiens.

(La Hague, août 1971.)

LA FEMME ACÉPHALE

A la foire du Trône, comme à celle du Saint-Siège à Rome, du Père-Lachaise, de la mère Strapontin, ou du siège de Paris, je promène ma roulotte et je monte ma baraque où je parle du cœur, où je crie à tue-cœur, de tout mon cœur.

Les gens d'esprit tentent vainement de me dérisionner.

« C'est la femme sans tête qui se mord les cheveux, avez-vous jamais vu un phénomène pareil ! »

Mais vous m'avez tant dit que je perdais la tête, que je n'avais plus ma tête à moi, et puis vous l'avez prise, alors gardez-la ! Qu'est-ce que j'en ai à foutre ! Je sais bien que dans le logis de la folle, les phénoménologistes s'affolent.

Je ne dis pas n'importe quoi, si je le dis n'importe comment. Ça les gêne, ils n'ont pas affaire à une Bernadette de Lourdes, une Fatima Salazar, ou une Thérèse de Lisieux.

Je ne suis pas la sorcière des déchets atomiques ni des rejets des cœurs greffés.

Ma féerie est élémentaire, je suis la fée de la décharge publique, la fée des ordures ménagères.

La Poubelle, fille du monde, ne peut donner que ce qu'elle a, et qu'est-ce que vous voulez que ça me foute si Richard Cœur de Lion avait une cervelle de mouton ou si Jeanne d'Arc sentait le fagot de Cauchon.

. . . .

Je ne dis pas l'avenir ni la bonne aventure et je me garde bien de parler du futur.

Aura-t-il une mariée trop belle avec derrière elle un scandaleux passé, est-ce que je sais ?

C'est toujours la même noce, hier-aujourd'hui-demain, le grand ménage à trois, et les mêmes églises et les mêmes casernes, la grande garde d'honneur, les mêmes adultères, l'éternel trio, le quatuor des saisons, l'enfance dans le placard des grands juges d'instruction.

. . . .

Juges d'instruction ou de culture, c'est toujours le même mouron. Mais j'en ai eu de l'instruction, et pour la culture j'en connais un rayon.

D'abord celui des bibliothèques municipales, et puis j'ai ouvert les boîtes à ouvrages sur les quais, j'ai traîné dans les librairies et quand la culture n'était pas à la portée de ma bourse elle était fortuitement à la portée de ma main.

Hélas ! La curiosité est triste et je n'ai pas fauché tous les livres.

. . . .

Petite, les sœurs disaient que j'avais de vilaines lectures. Plus tard les docteurs m'ont dit que c'était pas tellement mauvais, mais que j'avais mal assimilé. C'est pourtant pas avec la méthode Assimil que j'avais appris le français.

Et puis on disait tellement de mal de « la presse du cœur » que j'ai voulu connaître celle du cerveau ; alors, s'ils m'ont fouillé la tête, c'était pas pour trouver le plan du Métro.

244

. . . .

Je n'ai jamais aimé les conneries, surtout les grandes, les exemplaires, les salutaires.

Autrefois, les vieilles disaient des « menteries », c'était aussi vrai mais beaucoup plus joli.

. . . .

Et j'ai compris très tôt la hiérarchie de la poésie : il n'y a pas si longtemps, les petites gens n'avaient qu'un pot de chambre, mais les grandes un vase de nuit.

. . . .

Des oreillettes du cœur aux oubliettes de la tête, j'entendais les pauvres mélodies intimes qui disent l'agonie des villes, la mort des arbres et des rues, la pollution des eaux, la détresse des enfants, l'inquiétude des oiseaux et l'amour insulté comme tout ce qui est beau.

. . . .

Je suis née dans une maison de verres, avant terme, sous un astre désastreux, derrière le comptoir d'un bistrot.

Ma mère était plongeuse, mais ne savait pas nager, elle avait le cœur trop lourd pour très longtemps flotter.

Elle m'a donné le jour à l'instant même où la nuit lui a donné la mort.

Tout ça, je l'ai su par hasard, à douze ans, et par un vieux client du bistrot à maman, et même qu'il disait avoir ce soir-là levé son verre à ma santé.

. . . .

La santé, c'est le nom d'une prison, la liberté celui d'une statue, et la vérité n'importe quel puits de science à grosse tête dit qu'il l'a tenue toute nue dans ses bras.

Et ma santé à moi, paraît qu'elle a craqué.

Un beau jour, j'ai dit beaucoup trop vite des choses qui tenaient pas debout — pourtant il y a tellement de choses assises que personne n'oserait déranger — enfin, je parlais à quatre pattes avec le monde entier.

Ça les intéressait.

Ils m'ont fait des stimuli-stimulants pour voir comment ça trottait.

Paraît que j'éclatais de rire ou pleurais toutes les larmes de mon corps.

Comme s'ils avaient pu les compter!

Enfin, j'ai eu le droit d'asile sans jamais l'avoir demandé. Et des fois je les entendais : « Sainte Anne, ma sainte Anne, ne vois-tu rien revenir? »

C'est mon retour à la raison qu'ils avaient mis à la question. Mais, quand c'est l'État qui perd la raison, il passe pas à l'inquisition.

. . . .

J'ai été jolie fille, et devins jolie femme, et j'ai eu des amis mais pas tellement aimants.

Pourtant, l'un d'eux, je l'ai revu longtemps, il revenait souvent. Ce n'était pas seulement mon corps qu'il venait caresser, la chambre était petite, mais toute ma vie tenait dedans.

Cette vie, il l'aimait bel et bien, et il la comprenait, sans à peine en parler.

Éblouie d'éblouir, et d'années en années, plus loin que le plaisir j'aimais le retrouver.

Jamais un mot d'amour, jamais un mot d'adieu, jamais l'amour bafoué : « A bientôt, à plus tard! »

Le sourire d'un au revoir, et la porte fermée, nue devant le miroir je souriais à celle qu'il venait de quitter, essayant de savoir quelle belle image d'elle il avait emportée.

. . . .

J'aimais et j'aime encore les contes de fées, comme autrefois je les trouve vrais et beaux, mais leur féerie à eux, c'est toujours LA BÊTE ET LA TÊTE, où la belle est toujours bête, et où la tête fait le beau.

La tête, toujours la tête, la capitale du corps !

La tête de l'homme savant qui dit que le cœur « n'est » qu'un muscle, mais n'a pas l'air très content si on ose lui répondre que le cerveau dans sa boîte crânienne « n'est » qu'un amas de nerfs.

. . . .

La tête c'est aussi le Capital, et ce n'est pas pour rien que la pièce d'un très célèbre poète s'appelle TÊTE D'OR, et il suffit, si l'on a des lettres, d'avoir lu L'ÉCHAUGUETTE pour savoir que l'auteur a vécu, enfant, à Villeneuve-sur-Fère, dans la propriété des Cerveaux, ses grands-parents paternels.

. . . .

Et quand le cerveau n'est qu'une banque, le nerf de la guerre est prioritaire.

. . . .

Mais je n'ai pas la vaine curiosité de savoir l'avoir du savoir des grands cerveaux péremptoires. Enfant, déjà, je soulevais le couvercle et découvrais le dessus du panier. Croyez-moi ou ne me croyez pas, c'est pas des crabes que je veux parler.

Les crabes sont les crabes, ils font leur métier, tandis qu'agglomérés, agglutinés, amalgamés et agrégés dans la corbeille de la Bourse aux Idées, les grands agents de change sont désemparés. En pleine dévaluation, leurs inoculées conceptions !

Tout ce que leurs semblables, leurs prochains ont accumulé depuis des siècles dans le domaine sacré de la connaissance truquée se désaccumule, se délabre, se dilapide et se saborde.

C'est la marée noire des idées.

. . . .

Ecce homo.

L'homme, toujours l'homme, qui se nomme, se dénomme et se renomme. Ecce homo... le fils de l'homme !

Moi, je suis surtout fille d'une femme qui sans doute aimait les hommes et que peut-être, comme moi, des hommes ont aimée.

Mais « ceux-là », ceux dont je parle, ont le dedans de l'intellect beaucoup trop homosexuel pour moi.

Qu'ils aillent se faire Maître.

Péage et pièges, ils ont planté sur les autoroutes coronaires des écriteaux réglementaires : « Stationnement interdit aux nomades. » C'est, pour leurs motards téléguidés, des points de repère contre la libre circulation du sang.

. . . .

Beaucoup se faisaient horreur et ne pouvaient pas se sentir, mais n'osaient en convenir.

Moi, je me faisais plaisir, j'étais heureuse, leur malheur ne m'arrivait pas à la cheville.

J'étais foraine, j'avais un manège de chevaux de joie.

Mon travail, c'était la fête, celle que chaque jour je me souhaitais, tous mes désirs étaient chose-fête et ils avaient beau rire de l'amour, j'avais de qui vivre et ne demandais pas son avis à la vie.

Je la savais d'accord.

. . . .

Dans les musées ou les jardins publics, avec ou sans feuille de vigne, le sexe du sexe « fort » est représenté sur la plupart des monuments élevés à leur gloire, leur beauté, leurs vertus, mais pas la moindre trace du sexe « faible » sur les innombrables statues de femmes nues.

Force du sexe « faible » : son mystère.

. . . .

A l'orphelinat où j'ai vécu longtemps, trop longtemps, les sœurs appelaient le sexe des fillettes : le derrière du devant. Mais une grande fille marrante, deux doigts au dos d'une cuiller brillante et un autre, le plus petit, remuant doucement montrait l'image d'une femme, assise, de dos, surprise dans l'intimité de sa toilette intime.

Cela nous faisait rire, mais c'était naturel et beau.

. . . .

Comme j'étais belle, désirable — c'est vrai — « on » aimait me sortir, m'emmener au spectacle, me montrer en spectacle.

Ainsi, j'ai vu Électre au Choc, Heredo et Libido, Esther et Ophonie, Iphigénie Torride, l'Alligator universel, Hugolin ou l'Oreximane, Omogène et Teroclite, Tréponème et Rhésus-Christ.

Mais c'était toujours la même pièce, la même carnagédie, des momeries, des hommeries.

J'aimais mieux ma pièce à moi, Noéménie, ou la fête de la Lune.

Et je la jouais, à pile ou face, chez moi, seule et nue devant la glace.

. . . .

D'autres m'emmenaient faire la Tournée des Grands-Ducs, mais beaucoup parmi eux ne venaient pas comme autrefois à Paris pour voir les « petites femmes » ; ce qui les passionnait c'était les « grandes idées ».

Mais toujours les mêmes cabarets, le Ciel, l'Enfer, le Néant, l'Absurde, où les buveurs d'eau sacrée et de vodka-cola se livraient à la débauche idéale, le grand Strip-tease mental. Là, des marxiens-structuralistes et des christistes-déo-linguistes échangeaient des idées perforées et se demandaient s'il n'était pas d'utilité biblique de livrer aux lions les premiers Brechtiens. Et c'était la grande querelle des Ouestistes et des Estistes, des Bassistes et des Contrebassistes, des Dentistes et Irrédentistes, des Sous-Pères et des Super-Fils, des Atomistes autonomistes. Je les écoutais : « Et les Nantis anéantis par les Anti-Nantis devinrent Néo-nantis et furent anéantis par les Anti-néo-nantis qui devenus Anti-Anti-Néo-Antinantis furent anéantis par les Anti-Anti-Néo-Antinantis qui... »

. . . .

Je les écoutais.

Et je savais que jamais je ne deviendrais l'esclave de leurs libertés.

. . . .

Et j'avais saigné du ventre avant qu'ils aient saigné du nez.

. . . .

Bien sûr, je ne savais pas comment ça marchait, le corps, l'atelier à souffrir, la machine à plaisir, à rêver.

. . . .

Rêver.

Un jour je rêvais debout, sur les quais, devant une vieille gravure, une planche de dissection... Une jolie femme aux épaules nues, ou plutôt dénudées, avec la peau rabattue de chaque côté...

Horreur et splendeur viscérales.

Manteau de chair à la doublure écarlate, sanglant et tendre décolleté...

Mais c'était pas tellement terrible et pas si laid, simplement cruel et vrai.
. . . .

Je me parlais : « C'est comme ça, ton " monde intérieur ", avec l'urine, la merde, l'amour, le sang et des pieds à la tête et de la tête au cœur. »
. . . .

Fonctions naturelles.

Je n'avais pas à en penser du mal ni à en dire du bien. Après tout — ou avant tout — la nature est peut-être contre nature, mais ce n'était pas une nature morte l'image qui me racontait la vie et dans la sanglante gravure de mode je voyais, comme je vous vois vous que je n'aperçois même pas, des choses marrantes et rassurantes.

Oui, je voyais surtout une chose que l'imagier avait oubliée : le label cousu main sur la doublure pourpre du manteau de peau blanche, l'étiquette du grand couturier : « création Dieu père et fils ».

Et je riais.

Je savais qu'il ne s'agissait pas de haute couture mais simplement de prêt-à-porter.
. . . .

Oh, je n'y comprends rien !

Le jour où tout a craqué, ma montre auto-tic-tac qui se remontait toute seule, sans se soucier du temps, soudain a sonné strident. Mon train de vie était saboté; paraît que j'ai tiré la sonnette des larmes, que j'ai descendu en marche, et battu la campagne.
. . . .

Maintenant une horloge peut à peine me faire rire, mais un calendrier me faire parfois pleurer...

Cœur déchiré, c'est tête fêlée.

Dommage, ils s'entendaient si bien ensemble.

. . . .

La misère est chez elle sur la terre.

Des fois elle vous héberge et c'est comme une sœur, comme un frère.

Elle resplendit.

Milunaire misolaire, ou noir tout noir, c'est sa lumière.

Une Anglaise, Virginia Woolf, qui écrivait, et qui s'est tuée, sans bien la connaître, l'entrevoyait :

« La beauté d'une rue en hiver ! Elle est à la fois révélée et estompée. On peut confusément y disposer les portes et les fenêtres en avenues d'un tracé rigoureux et symétrique et sous les lampes flottent des îles de lumière pâle que traversent très vite des hommes et des femmes étincelants; malgré leur triste pauvreté, ils ont quelque chose d'irréel, un aspect triomphant, comme s'ils avaient faussé compagnie à la vie et que la vie, frustrée de sa proie, s'éloignait en chancelant. »

. . . .

Je ne savais plus où aller, où dormir, où rêver. Un jour, pourtant, un mauvais, une porte s'est ouverte, c'était celle d'une cave, je suis tombée dedans.

C'était même pas une cave : une pièce d'un rez-de-chaussée à loyer modéré.

J'avais pas eu le choix, bidonville ou ville-bidon.

Il y avait une tondeuse, et même pas de gazon.

A tâtons, je cherchais à échapper à l'étroite dimension.

. . . .

Alors, je revoyais ma misère d'enfance, ruelles et rues, ruisseaux, oasis, cours dépavées, herbe usée, escaliers croulants, rampes démantelées, greniers abandonnés.

Palais ensoleillé.

Pas de reine mère, ni de roi père, j'étais princesse de ce que je voulais.

. . . .

Hélas, la princesse, toute petite, les bonnes sœurs l'avaient piégée! C'était pour mon bien; elles appelaient mon mal tout ce que j'aimais

Pourtant, je n'avais pas tendu la main, pas demandé l'aumône à ces sœurs de charité.

C'est seulement enfermée chez elles qu'en secret, la nuit, à voix basse, j'ai mendié : « La liberté, la liberté, s'il vous plaît ! »

Et c'était pas à Dieu leur Père que je m'adressais.

Mon père, ma sœur, ma mère, moi qui n'avais pas de famille, qu'avais-je à voir avec cette horrible parenté !

. . . .

Je n'aimais pas leur manière de me regarder, elles me fouillaient la tête secrète mais sans jamais rien trouver, et me disaient : « Baisse les yeux ! » parce qu'elles devinaient peut-être que je les voyais.

A l'appel du soir, j'avais beau, comme les autres, répondre présente, elles disaient que j'étais ailleurs

Pour une fois, elles disaient vrai et je n'étais pas la seule. Un jour, on a lu le rapport de la Mère supérieure :

« D'ailleurs, il y en a qui sont toujours ailleurs, ce n'est pas leur place, il faut les faire rentrer dans le rang. Ailleurs, elles y sont, paraît-il, sans y aller elles y vont sans y rester, et certaines sans revenir, et de ne pas les voir revenir nous n'en revenons pas, c'est inconcevable et intolérable.

« Il faut les récupérer, les arraisonner, il n'y a pas à sortir de là, il faut les sortir de là. »

Enfin, quelque chose dans ce genre-là

. . . .

Et soudain, sans rien dire, le fou rire nous prenait, il venait de très loin, il venait de très vrai, et le mea culpa, et la poitrine frappée, pauvres petits réflexes de culpabilité, ça nous faisait marrer.

« C'est ma fête, c'est ma très grande fête », voilà ce qu'on chuchotait.

On pensait au bonheur, peut-être qu'il existait.

Une fleur est une fleur, même dans la sueur des serres, même dans les serres des sœurs.

Et nous étions des roses échappées du rosaire.

. . . .

La télé aussi, c'est travail à la chaîne.

Mais parfois des images, en foule échappent aux gardes-chiourme...

Tête-à-tête, face à face, tout cela s'efface, pourrit et fait place à d'innombrables et merveilleuses vies à vies...

Un visage puis d'autres, un enfant du Viêt-nam, une ouvrière d'usine, un Indien d'Amazonie.

Silencieux, ils vous disent ce qu'ils ont sur le cœur.

Et puis sourient ou meurent.

. . . .

Télé : télépathie... télésympathie.

Et puis, n'importe qui surgit de n'importe où.

... L'appaparition du grand Boni-menteur blanc avec les maîtres chanteurs de Sainte-Émasculine.

Et c'est le mot de la fin dans la main de la faulx.

. . . .

Le tiercé du Biafra...

Si vous donnez un simple petit franc à la quête, vous aurez peut-être la chance de gagner un prie-Dieu, une D.S. ou six paquets de lessive.

. . . .

L'an 2000, je m'en fous comme les anciennes vivantes se foutaient de l'an 40.

Je sais, j'ai lu des choses, des machins, des trucs, des bidules, des livres, quoi !

J'ai lu que le crapaud et l'âne étaient de grands champions d'amour, et qu'au concours l'Épine Jésus-Christ a été couronné. J'ai lu les livres secrets des confesseurs et, à la Nationale, la bibliothèque tricolore : c'est pareil que la rose. J'ai lu Sade, et pas d'un bout à l'autre, et ne sais pas s'il a eu connaissance des documents concernant le procès de Gilles de Rais. Dans le cas contraire tant mieux pour lui, ça lui aurait causé, comme on dit, grand complexe d'infériorité.

La Bilosophie dans le Foutoir c'est bien, mais pourquoi, Diabledieu, a-t-il écrit un jour : « Si l'athéisme demande des martyrs, nous voici », justifiant sans le vouloir ce qu'on a dit et écrit de lui par la suite : Sado masochiste.

J'ai lu un peu plus tard Le Droit à la paresse, c'était merveilleux, l'auteur disait combien c'était con de se tuer à travailler. Malheureusement, à la fin, il prédisait que les machines travailleraient un jour à la place de l'homme. Y a qu'à voir.

J'ai toujours été en bonne santé, je n'attrapais pas les mouches ni les rats, pourquoi aurais-je attrapé des maladies ?

Les maladies sont peut-être les farces-et-attrapes de la vie, mais j'avais de plus belles occasions de rire.

. . . .

... Et les autres qui, parlant des femmes, disaient dans leur patois savant qu'ils « engageaient le dialogue »...

Ils étaient furax parce que je ne parlais pas comme eux.

Oh! même pas la contradiction, on parlait pas la même langue, je disais des choses heureuses, ils pouvaient pas pardonner ça.

« Tu ne sais pas ce que tu dis, t'es dingue! » Pourtant, mon savoir fou était un savoir vrai, alors ils retrouvaient dans leur collection de citations misogynes une formule qui depuis longtemps avait fait ses preuves :

« Sois belle et tais-toi! »

Je souriais, j'étais belle et j'étais moi.

Et ils reprenaient leur dialogue : « D'où venons-nous, où quand comment allons-nous »?... « Qu'a-t-on, disait Caton, qu'est-ce qu'être, disait Keskêtre? » Et ainsi de suite...

Les gens... la plupart, un morne et quotidien petit malheur s'en empare, mais ils le supportent, ils s'habituent, ils l'appellent seulement fatigue, ennui, tristesse, mais un beau jour, désespoir et soudain ils en ont ras le bol et se rassemblent en foule et cette foule se défoule et défile en criant : « Vive celui-ci! » en hurlant : « A mort celui-là!... » Là là là là là là là!

Moi, je me tais et me défolle.

. . . .

« Parmi les gens qui se suicident, beaucoup le font pour échapper à la hantise de la mort, pour en finir avec elle », a dit Pierre Minet.

Et il n'avait pas tort.

Souvent, comme un enfant les vacances, j'ai attendu, souhaité la mort.

Mais comme un enfant, j'avais encore, dans la vie, des devoirs à faire.

J'étais, je me savais indispensable à quelques êtres et ne pouvais ni les laisser ni les emmener.

Alors!

Toujours de bonnes excuses!

Pourtant, les médecins m'avaient prévenue : j'avais, entre autres bidules, de la proscratination.

C'est une tendance à remettre tout au lendemain.

... Et puis, encore une fois, j'étais piégée. Je sais même pas la date ni combien ça a duré. Enfin... c'était pour mon bien, mon bien mal acquis, à ce qu'il paraît.

J'en faisais mauvais usage, je le dilapidais, je foutais par la fenêtre toutes les idées qui me passaient par la tête, c'était comme le latin, ça bravait l'honnêteté.

Les gens du quartier pouvaient pas supporter.

L'honnêteté, c'est la raisonnabilité.

Bien sûr, je le sais, je ne suis pas comme les autres, mais il y en a d'autres, beaucoup trop d'autres qui ne sont pas comme les autres, alors, les autres autres, ceux qui peuvent montrer leurs papiers, leur laissez-penser, leurs empreintes de normalité, des comme moi ils peuvent pas les supporter.

Et ça recommençait...

Minerve casquée au salon de coiffure de la haute cérébralité, avec des électro bigoudis de toutes les douleurs et le petit tableau sismique à déceler les moindres tremblements de tête, engagée malgré moi dans leur encéphalodrame, j'avais un rôle à jouer et il n'était pas gai.

Encore une fois, la tête en miettes, encore une fois le cœur brisé, encore une fois l'amour démantibulé et toutes les pièces du puzzle à retrouver.

. . . .

Moitié sommeil, moitié éveil, mon cœur cognait à ma porte, mais étais-je tout à fait chez moi ?

Il y avait dans ma tête des inconnus qui parlaient et ce qu'ils disaient était pour moi sans aucun intérêt,

257

comme au téléphone quand on entend quelqu'un d'autre que la personne demandée.

Atrocement désagréable.

C'était comme si j'avais des « intelligences », comme on dit, avec la connerie et la connerie la plus banale, la plus lointaine, c'est toujours l'ennemi.

Même pas des trucs à angoisse et peur, j'aurais préféré peut-être, pas des trucs que j'aurais lus ou entendus et qui reviendraient.

Non, une langue étrangère qu'on est obligé de subir et qu'on comprend qu'on ne la comprend pas.

Des choses entre le tu et le dit.

Comme un jour, dans un bar où j'attendais quelqu'un, quelqu'un que j'aimais.

Pour abréger l'attente, je lisais dans un journal un long article, d'une très précise et très médiocre imbécillité.

Soudain je m'aperçus que je souhaitais ne pas voir arriver celui que j'attendais avant d'en avoir fini avec cette insipide et fastidieuse lecture.

Heureusement, c'était pas tous les jours.

Debout, ça s'arrêtait.

. . . .

Bien sûr, ils étaient gentils et bien attentionnés, mais je savais qu'ils me trouvaient curieuse tout en taisant leur curiosité. Des savants bien sûr, mais des hommes !

Et quand ils me parlaient de mon enfance, c'était pour moi des étrangers, des touristes, et le jour où je leur ai dit que si Freud enfant avait été une petite fille, ça désexpliquerait beaucoup de choses, et que, si génial qu'il soit, il est peut-être malgré lui un petit peu médicastrateur, ils n'ont pas été contents et très vite, ils m'ont dit que j'étais guérie. Mais le jour où je suis sortie, j'ai eu plutôt l'impression qu'ils me foutaient dehors.

. . . .

Aujourd'hui je suis foraine, au micro je fais mon boniment, mais je ne dis pas n'importe quoi si je le dis n'importe comment.

Et j'ai une lanterne magique, et je montre les images de ce que je dis et c'est pas des images sourdes et muettes, c'est des images avec queues et têtes, des choses de l'officielle réalité.

Des half-tracks ont beau rôder autour de ma baraque, c'est en pure perte, je suis dans la légalité.

Et c'est toujours exemplaire, c'est-à-dire qui montre des exemples.

Parfois, je suis commère d'une revue du 14 Juillet où, dans un enthousiasme unanime, les anciens cons battant des mains acclament les nouveaux combattants de demain.

. . . .

Je montre le temps qui passe ou qui fait seulement semblant.

Passe le temps, l'ouvrier pointe, passe la vie, l'ouvrier entre, passe la vie, les voitures sortent.

Passe la vie, l'ouvrier reste, passe le temps, la vie rêvée, passe la vie, la vie rivée à la chaîne du travail forcé.

Passe la vie, la vie diminuée, passe le temps supplémenté, l'ouvrier est chrono-maîtré. Pas une seconde pour dire : ça va ? Pas deux pour dire : on fait aller ! Pas trois pour aller pisser.

Passe le temps, passe la vie, la vie privée de vie privée... et pendant ce temps-là, ce temps sans temps, comme la guerre du même nom, ce temps mort séquestrant les vivants, qu'est-ce qu'on entend, le bla bla bla, le bleu blanc rouge, le glas glas glas des trafiquants, trafiquants d'armes, trafiquants d'âmes :

« Le monde a faim, c'est notre faute, c'est votre faute » et ils se frappent la poitrine en se tapant la tête, mais pas contre les murs.

Tous coupables ou capables d'être coupables, le bourreau comme la victime, le juge comme le condamné et c'est la faute à tout le monde s'il y a encore, comme toujours, la guerre quelque part.

Mais si des enfants, des jeunes gens, des femmes ou des hommes disent non, crient non, hurlent non, le système d'alerte international sacré est aussitôt déclenché : « La connerie est en danger ! »

. . . .

... Oui, dans ma baraque, on aurait pu montrer tant de choses. L'érotisme est à la mode, mais surtout ses anomalies, un peu partout dans le monde c'est les exhibitions d'un vrai musée Dupuytren avec ce qu'ils appellent les très curieuses perversions de ce qu'ils appellent l'amour.

J'aurais pu montrer, à Marseille, dans un bordel du vieux port, un homme accroché à un croc de boucher et que les femmes devaient hisser et laisser retomber par terre pour lui causer quelque plaisir ; ou bien au Chabanais, haut lieu célèbre et disparu, un prince, à quatre pattes savourant une omelette aux truffes dans un bidet en forme de tortue ; ou la femme à Paulo qui travaillait en maison et qui, son jour de sortie, arrivait et se plaignait d'un client difficile : « Tu te rends compte, Paulo, un prêtre ! Pendant le travail, il répétait sans cesse : Dis-moi que t'es la Sainte Vierge, des trucs comme ça... »

Et Paulo lui répondait : « Ça va, fais pas la difficile, le travail c'est le travail, le bureau des plaintes est fermé et si tu continues, je te préviens, ce soir je couche sur le ventre ! »

Tendre menace, petits griefs bien vite oubliés.

. . . .

J'aurais pu montrer...

Mais cela aurait pu m'attirer des ennuis judiciaires : moi en cabane et ma baraque à la fourrière. Alors je fais de temps à autre du strip-tease aseptisé. Par exemple, le Jeu de Grâces, c'est une pantomime dialoguée, l'auteur est un des plus grands derniers philosophes à la mode, Soeren Kierkegaard. La pantomime est tirée d'un livre célèbre : LE JOURNAL D'UN SÉDUCTEUR. Le héros s'appelle Johannes et l'héroïne Cordelia. Commentant le petit ballet, on entend la voix de Johannes : « Je pourrais essayer de déchaîner une tempête érotique capable de déraciner les arbres... »

Mais il essaye autre chose :

« Hier, Cordelia et moi avons été voir une famille à la campagne. On est surtout resté au jardin où on passait le temps à toutes sortes d'exercices physiques, entre autres à jouer aux grâces. Je profitai de l'occasion où un partenaire de Cordelia l'avait quittée pour le remplacer...

« Une allusion que je fis à l'une des personnes présentes sur le bel usage d'échanger des anneaux tomba comme un éclair dans son âme. Dès ce moment une lumière spéciale illumina toute la situation, l'imprégnant d'une signification plus profonde, et une énergie accrue échauffa Cordelia. Je retins les deux anneaux sur ma baguette, m'arrêtai un instant et échangeai quelques mots avec les gens qui nous entouraient. Elle comprit cette pause. Je lui relançai les anneaux. Peu après, elle les saisit tous deux sur sa baguette. Comme par inadvertance elle les jeta d'un coup verticalement en l'air, et il me fut naturellement impossible de les rattraper. Elle accompagna ce jet d'un regard plein d'une audace inouïe. *On raconte qu'un soldat français qui faisait la campagne de Russie fut amputé d'une jambe gangrenée. A l'instant même où cette opération pénible fut terminée, il saisit la jambe par le pied et la jeta en l'air en s'écriant : Vive l'Empereur !* Ce fut avec un même regard qu'elle aussi, plus belle que jamais, lança les deux anneaux en l'air en disant tout bas : Vive l'amour ! Je jugeai cependant imprudent de la laisser s'emballer dans cette disposition et de la laisser seule en présence d'elle, de peur de la fatigue qui si souvent en résulte. Je restai donc tout calme, et grâce à la présence des autres, je la forçai à continuer le jeu comme si je n'avais rien remarqué. Une telle conduite ne peut qu'accroître son élasticité. »

. . . .

Après le jeté et battu du grognard, je présente ensuite L'ÂME À CALIFOURCHON.

C'est une très spectaculaire pantomime historique à grande figuration, aussi belle que LE RÊVE, de Detaille, un grand peintre français trop injustement oublié. Le commentaire est bref et concis :

« J'ai vu l'Empereur — cette âme du monde — sortir de la ville pour aller en reconnaissance : c'est effectivement une sensation merveilleuse de voir un pareil individu qui, concentré ici sur un point, assis sur un cheval, s'étend sur le monde et le domine. » (Hegel, lettre à Niethammer, hiver 1806-1807.)

. . . .

Vient ensuite un film de science-fiction, LA GUERRE ONIRIQUE :

Napoléon « fait ses plans avec les rêves de ses soldats endormis » et, rêvant lui aussi, mais debout, génial somnambule et empirique pré-neurologue, il leur plante dans le crâne les électrodes de la gloire, de la tuerie, comme les neuro-chirurgiens d'aujourd'hui plantent dans la tête des chats la clé des songes, des cauchemars et des insomnies électriques.

. . . .

... Et défilent le Général Bombache et les tout derniers nouveaux néo-Tsars démocratiques de toutes les Russies, la Sibérie, la Tchécoslovaquie et d'autres encore.

Et puis, on voit les lavandières du Portugal brûlées vives dans leur bidonville et Guillaume Tell vendant sous le manteau des arbalètes antimissiles aux valeureux légionnaires du Tchad.

... et pour les enfants, je fais des séances édifiantes et de haute moralité et ce n'est pas ma faute si, pendant le spectacle, ils arrêtent pas de se marrer.

C'est des documents du siècle dernier, mais un siècle, est-ce que ça compte auprès de l'Éternité, c'est toujours d'actualité, par exemple LA PIÉTÉ ENSEIGNÉE AUX ENFANTS, par Monseigneur de Ségur.

Monseigneur de Ségur : « Sais-tu, mon cher petit enfant, ce que c'est que se confesser ? »

Le cher petit enfant : « !!! »

Monseigneur de Ségur : « Écoute bien, et quand tu auras bien compris, tâche de pratiquer le mieux possible ce que je vais te dire.

Il y a des enfants qui ont une peur terrible d'aller à confesse : on dirait que le confessionnal est une souricière, dans laquelle la petite souris doit être mangée par le chat. J'ai connu à Paris une petite fille, qui cependant n'était pas sotte, et qui pleura et cria tellement dans la rue lorsque sa maman la conduisit pour la première fois à confesse, que la pauvre dame toute honteuse fut obligée de rebrousser chemin et de remettre la chose à plus tard. J'ai connu un autre enfant, un garçon de neuf ans, qui tomba presque à la renverse quand il entendit le confesseur ouvrir la petite grille du confessionnal, et qui se sauva à toutes jambes comme s'il avait vu le diable. Il en est d'autres qui suent à grosses gouttes et dont on entend battre le cœur à dix pas, quand arrive le moment de se confesser.

« Tous ces enfants-là sont des nigauds, de vrais nigauds, car la confession est la chose la plus simple du monde. Il ne faut pas faire comme eux : il faut d'abord apprendre et savoir ce qu'ils ne savent certainement pas assez : ce que c'est que se confesser, et combien la confession est une bonne et douce chose. »

....

Pauvres enfants qui tombent à la renverse, qui crient, qui pleurent et qui se sauvent à toutes jambes comme s'ils avaient vu le diable.

Qui leur a parlé, et qui leur a fait croire à ce diable et à l'enfer ?

A propos de l'enfer de ce diable, je passe aussi un petit film d'épouvante : GUERRE A SATAN, A.M.D.G., Guerre à Satan, l'Éternel Ennemi du Genre Humain, par un Missionnaire Apostolique — Préface de Monseigneur l'Archevêque de Pondichéry — et qui s'appelait, nom prédestiné, J. Gandy. Tout se passe dans la pénombre, une seule voix se fait entendre, une voix douce, persuasive et péremptoire :

« Hélas ! A quelles affreuses douleurs notre corps n'est-il pas sujet en ce monde ? Quels supplices n'a pas inventés la justice humaine pour punir les malfaiteurs ? Et la cruauté des tyrans pour tourmenter les martyrs? La seule pensée de l'un de ces supplices nous fait frissonner d'horreur. Que sera-ce donc de se trouver en proie à tous ces supplices à la fois? Imaginez tout ce que vous pourrez, représentez-vous tous les maux que vous voudrez; le damné n'est exempt d'aucun. De plus, remarquez bien ceci: si quelquefois les prédicateurs, pour vous donner quelque idée des peines de l'enfer, vous décrivent les plus cruels instruments inventés pour torturer les martyrs: les haches, les gibets, les scies, les chevalets, les ongles de fer, les grils ardents, les roues, le plomb bouillant, etc., tout cela vous semble peut-être une exagération; mais non, cet effrayant appareil n'est qu'une faible image de l'enfer, c'est une manière de parler, c'est une ombre, ce n'est rien. »

Un rien! Peu importe le temps, les conciles œcuméniques, le tourisme pontifical, le jazz à Saint-Germain-des-Prés, les couvents Marxistes ou les monastères Freudiens, les gens d'Église ne changent pas, ils donnent le change, tout bonnement, ils sont aussi contagieux qu'autrefois et les prêtres travestis en laïques, c'est comme les flics déguisés en beatniks.

Les dogmes sont les dogmes, comme les dogues des dogues qu'on ne peut changer en bassets. Ce qui est écrit c'est pas mes cris, c'est les leurs et même, avec de grands ou de petits airs révolutionnaires, ce sont toujours des cris de guerre.

Guerre à l'homme, comme il se doit hiérarchiquement, mais surtout guerre aux femmes, à l'amour, aux enfants.

. . . .

Mais, le 29 juin 1972, « quelque chose de surnaturel », le grand Ténébreux revient sur le tapis de la Basilique de Saint-Pierre, le jour même du neuvième anniversaire du couronnement de Paul VI qui, dans son homélie, jette un douloureux cri d'alarme :

« Nous croyions que le lendemain du concile serait une journée de soleil pour l'histoire de l'Église. Mais nous avons trouvé de nouvelles tempêtes. Nous cherchons à creuser de nouveaux abîmes au lieu de les combler. Que s'est-il passé? Nous vous confions notre pensée : il s'est agi d'une puissance adverse, le diable, cet être mystérieux, l'ennemi de tous les hommes, ce quelque chose de surnaturel, venu gâter et dessécher les fruits du concile œcuménique. »

Et cette homélie est heureuse nouvelle. Le complexe du père, du Saint-Père pour préciser, a ses bons côtés.

Bientôt, tous les intoxiqués de Jésus-Christ new-look jetteront leur white-jean aux orties et les lanceurs de disques du show-business et du Box-Saint-Office casseront la baraque avec de sensationnelles opérettes opérationnelles démoniaques anti-néo-chrétiennes et pop-lucifériennes.

Satan super-star !

Et passez la monnaie ...oute mode crachée en l'air vous retombe toujours sur le nez.

....

Dieu soit loué, j'ai loué tous mes diables ! criait un jour un pauvre garagiste de la rue Quincampoix.

C'était un précurseur, un homme d'il y a longtemps.

Et qu'est-ce que c'est, longtemps !

Tout arrive en même temps,
le malheur et la joie,
tout arrive en même temps,
s'en va et reste là

Autrefois, autrefois,
c'est toujours la même fois.
(Anamnèse)

Foraine, c'était mon vrai nom de famille, et ça tournait !

Quand je voulais, j'étais ailleurs, j'étais avant, le débarras du choix, quoi !

Tout à fait comme le type dont parlait André de Richaud :

« Il s'était toujours senti incapable de vivre normalement et, pourtant, il était sûr qu'il n'y avait rien d'anormal en lui. »

Aussi, quand les grands raisonnables me disaient en alexandrins : « Mais tout ce que tu dis, cela ne rime à rien ! » je leur conseillais vivement de lire Tourimatou, le grand poète tibétain.

Enfin, j'étais une animale individuelle et belle, n'importe où j'habitais mes fenêtres donnaient sur la cour des miracles, les vrais : l'amour, le fou rire, l'amitié, la douleur oubliée.

Et quand la mort, cette charitable mendiante qui m'avait si souvent tendu la main, revenait prendre de mes nouvelles, je répondais : « Va, laisse ici toute espérance, ma dernière heure, je l'espère, sera plus drôle que la première. Périra bien qui rira le dernier et, comme Victor Hugo disait : " Les dents sont nécessaires au rire, la tête de mort les garde ". »

Alors, en souriant, elle s'éloignait sans demander mes restes.

Nous étions faites pour nous revoir.

. . . .

La mort, la vie, c'est les sobriquets de l'inconnu, avec les formalités d'usage et d'usure : un acte de naissance, un permis de séjour, un laissez-trépasser.

Mais la souffrance !

Souffrir pour être beau, tant mieux pour eux s'ils aiment ça !

Moi, cette beauté-là, j'en veux pas et souffrir de ne pas souffrir, qu'est-ce que j'en ai à foutre ! Pas plus que d'enfanter dans la douleur sans douleur un pauvre petit prématuré.

En « phase de rêve », ils lui piégeraient les ondes cérébrales afin, comme ils disent, de pénétrer « l'âme enfantine ».

Et personne pour crier au viol ! dans les couloirs de la clinique.

La souffrance, et de préférence celle des autres, pour beaucoup trop c'est un plaisir. Y a qu'à regarder leurs calendriers : subir le martyre ou le faire subir, c'est une vie de saint, comme celle de Saint Louis qui rendant l'inquisition sous un chêne, fit brûler le nez et les lèvres à un pauvre mec qui avait blasphémé.

Mais la Sainte Anesthésie, vous pouvez toujours chercher !

La souffrance, je pouvais pas la souffrir, et, un beau jour, un jour atroce, démesuré, quelque chose m'est arrivé, avec quelqu'un dedans, c'est pas un secret mais je dis pas qui c'est. C'est comme si je m'étais jetée la tête la première dans le malheur glacé.

La tête, toujours la tête !

Quand la tête fait naufrage, les rats ne quittent pas le navire et c'est pas les rats du Tradéri, les petits rats d'Opéra, ni des rats des champs, des rats d'hôtel ou d'égout, ça encore ça irait, mais c'est des rats savants, culturels-cultivés, torturants-torturés.

Ils grattent jour et nuit, sans arrêt. Ils ont été dressés pour gratter, pour chercher leur nourriture dans le grand merdier des idées.

Heureusement, les rats de ma tête parfois le sang de mon cœur les noyait.

Alors, je retrouvais le sommeil, le rêve. Bien sûr, on ne rêve pas ce qu'on veut, on peut pas, ce serait trop beau ; mais, une nuit, j'ai rencontré le marchand d'oublies d'une vieille gravure des Tuileries, il a fait tourner sa petite loterie, j'avais gagné, il a souri, moi aussi.

Et puis Morora, une sorcière ou une fée, je ne sais pas, Morora c'est moi qui l'appelais comme ça. Elle avait le visage de l'indifférence heureuse, je la connaissais sans la reconnaître et, après tout, c'était peut-être moi. La nuit est un miroir, le rêve un bal masqué.

Elle chassait les rats à coups de balai, en disant à quoi bon ! Mais ajoutant à quoi mauvais !

Les jours passaient, mais c'est façon de parler, il y en avait qui voulaient rester là, qui s'allongeaient.

Fallait attendre.

Enfin, la clinique était ripolinée, tout était propre et blanc, les médecins aussi. Ils étaient aux petits soins pour moi, mais surtout aux grands soins pour mes rats, mes idées-rats.

De vrais vétérinaires, et grâce à ces braves petites bêtes, ils espéraient me découvrir plus que me guérir, savoir qui j'étais.

Pourtant, tout le monde ignore comme chacun c'est, et je l'espère ne le saura jamais.

....

Alors j'ai fait la malle, je suis rentrée chez moi.

Chez moi c'était la rue et n'importe où tout autour.

J'allais mieux, j'avais le bien de la rue comme d'autres le mal du pays.

Là j'ai fait d'heureuses rencontres, des gens à qui se taire quand on veut pas parler.

Et la mer aussi, soudain je l'ai rencontrée. Ce n'était pas par hasard ni par nécessité, mais par chance, c'est pas pareil. Et devant elle je retrouve ma joie secrète, silencieuse, immobile, mon refus, mon démenti à presque tout.

. . . .

Le marchand d'orages et son panier d'éclairs est assis sur la plage, il vend aux enfants des nuages noirs, des trucs à crépitements, des cerfs-volants sauvages, des cafetières volantes, des ballons rouge sanglant, des lames de fond et des cormorans fous, des coquillages méchants. Et puis les sombres sabliers de la toute dernière heure avec la panoplie du parfait petit naufrageur.

Des bidules à faire rire, à faire peur, des gadgets à polluer le bonheur.

Et les enfants s'amusent à massacrer le temps.

Comme des grands.

Ni responsables ni coupables ni innocents, ils sont vivants, marrants. Gentils comme tout, ils s'amusent d'un rien et si ce rien est fou, ils n'y sont pour rien.

Et la mer est belle comme l'amour.

(1972)

DU MÊME AUTEUR

Aux Éditions Gallimard

PAROLES.

DES BÊTES (avec des photos d'Ylla).

SPECTACLE.

LETTRES DES ÎLES BALADAR (avec des dessins d'André François).

LA PLUIE ET LE BEAU TEMPS.

HISTOIRES.

FATRAS (avec cinquante-sept images composées par l'auteur).

GRAND BAL DE PRINTEMPS suivi de CHARMES DE LONDRES.

ARBRES.

SOLEIL DE NUIT.

COLLAGES.

LE ROI ET L'OISEAU (en collaboration avec Paul Grimaud).

HEBDROMADAIRES (en collaboration avec André Pozner).

COLLAGES.

LE PETIT LION (avec des photos d'Ylla).

COLLECTION FOLIO

1702. Milan Kundera — *Risibles amours.*
1703. Voltaire — *Lettres philosophiques.*
1704. Pierre Bourgeade — *Les Serpents.*
1705. Bertrand Poirot-Delpech — *L'été 36.*
1706. André Stil — *Romansonge.*
1707. Michel Tournier — *Gilles & Jeanne.*
1708. Anthony West — *Héritage.*
1709. Claude Brami — *La danse d'amour du vieux corbeau.*
1710. Reiser — *Vive les vacances.*
1711. Guy de Maupassant — *Le Horla.*
1712. Jacques de Bourbon Busset — *Le Lion bat la campagne.*
1713. René Depestre — *Alléluia pour une femme-jardin.*
1714. Henry Miller — *Le cauchemar climatisé.*
1715. Albert Memmi — *Le Scorpion ou La confession imaginaire.*
1716. Peter Handke — *La courte lettre pour un long adieu.*
1717. René Fallet — *Le braconnier de Dieu.*
1718. Théophile Gautier — *Le Roman de la momie.*
1719. Henri Vincenot — *L'œuvre de chair.*
1720. Michel Déon — *« Je vous écris d'Italie... »*
1721. Artur London — *L'aveu.*
1722. Annie Ernaux — *La place.*
1723. Boileau-Narcejac — *L'ingénieur aimait trop les chiffres.*
1724. Marcel Aymé — *Les tiroirs de l'inconnu.*
1725. Hervé Guibert — *Des aveugles.*
1726. Tom Sharpe — *La route sanglante du jardinier Blott.*
1727. Charles Baudelaire — *Fusées. Mon cœur mis à nu. La Belgique déshabillée.*
1728. Driss Chraïbi — *Le passé simple.*
1729. R. Boleslavski et H. Woodward — *Les lanciers.*
1730. Pascal Lainé — *Jeanne du bon plaisir.*

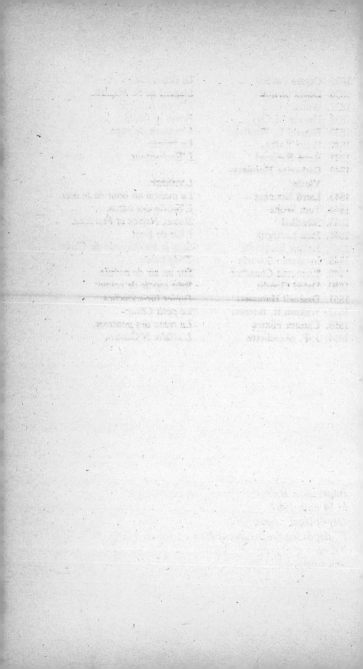

Impression Bussière à Saint-Amand (Cher),
le 14 août 1987.
Dépôt légal : août 1987.
1er dépôt légal dans la collection : février 1975.
Numéro d'imprimeur : 1869.
ISBN 2-07-036646-4./Imprimé en France.